AF197232

Max Held
Wild Claws
Im Auge der Python

Max Held

Max Held wurde in Nairobi geboren. Schon immer interessierte er sich für Tiere, und so verbrachte er endlose Stunden mit der Beobachtung von Gorillas, Krokodilen und Jaguaren. Als Erwachsener arbeitete er in Nationalparks rund um die Welt, bevor er sich schließlich in Deutschland niederließ und damit begann, seine Abenteuer in Form von Kinderbüchern niederzuschreiben. Treue Begleiterin seit vielen Jahren ist seine Vogelspinne Elfriede.

Timo Grubing

Timo Grubing, 1981 in Bochum geboren, ist nach seinem Designstudium in Münster in seine Geburtsstadt zurückgekehrt. Dort lebt und arbeitet er als freier Illustrator für Kinder- und Jugendbücher, Schulbücher oder auch für Familienspiele und Rollenspiele. Seine Begeisterung für schuppige Tiere geht so weit, dass er liebend gern einen Drachen als Haustier hätte, und wäre der Traum, Illustrator zu werden, nicht in Erfüllung gegangen, so würde er als Tierpfleger im Jurassic Park arbeiten.

Max Held

WILD CLAWS

Im Auge
der Python

Mit Illustrationen von Timo Grubing

2. Auflage 2020
© 2019 Arena Verlag GmbH,
Rottendorfer Str. 16, 97074 Würzburg
Alle Rechte vorbehalten
Cover- und Innenillustrationen: Timo Grubing
Gesamtherstellung: Westermann Druck Zwickau GmbH
ISBN 978-3-401-60453-4

Besuche uns unter:
www.arena-verlag.de
www.twitter.com/arenaverlag
www.facebook.com/arenaverlagfans

Mrs Carwinkle spitzte die Ohren. Diesmal hörte sie das Geräusch ganz deutlich. Es kam von draußen.

Die alte Dame trat leise auf den Flur hinaus und öffnete den Wandschrank unter der Treppe. Sie griff nach der doppelläufigen Schrotflinte, die noch von ihrem Mann stammte – Gott sei seiner armen Seele gnädig –, und prüfte die Patronenkammern. Zwei Kugeln steckten in den Läufen.

Mrs Carwinkle schloss den Lauf und schlich zur Tür. Rudi stürmte bellend heran.

»Bist du wohl still!«, ermahnte Mrs Carwinkle den Schäferhund. Dann öffnete sie vorsichtig die Haustür.

Schwülwarme Tropenluft schwoll ihr entgegen. Der September gehörte zu den wärmsten Monaten in Florida und selbst nachts fielen die Temperaturen nur selten unter fünfundzwanzig Grad Celsius. Die feine Sichel des zunehmenden Mondes zeichnete sich am schwarzen Nachthimmel ab, umringt von Tausenden Sternen. Ein leises Plätschern erinnerte daran, dass die feuchte Marschlandschaft, in der Mrs Carwinkles Haus wie eine einsame Bastion stand, permanent in Bewegung war.

Erst jetzt bemerkte die alte Dame, dass etwas fehlte. Die Geräusche der Tiere. Normalerweise war es in Floridas Sumpfgebieten niemals still. Schon gar nicht nachts. Wenn die von Menschen gemachten Geräusche verebbten, brandeten die Laute der Natur wie Wellen auf dem Ozean auf. Grillen zirpten, Frösche quakten und Uhus riefen. Schlangen krochen durch das feuchte Gras und Alligatoren schwammen wedelnd durch die reichlich vorhandenen Wasseradern, die am Ende der Regenzeit gut gefüllt waren. Vier Monate lang hatte es nahezu täglich geregnet, meist ab nachmittags. Der ausgetrocknete Boden hatte die Feuchtigkeit gierig aufgesogen und die Tier- und Pflanzenwelt war zu üppigem Leben erwacht, um die Periode bis zur Trockenzeit zur Fortpflanzung zu nutzen. Die schwüle Luft war erfüllt vom Rufen der Amphibien und Insekten auf der Suche nach paarungsbereiten Artgenossen. Und ihre Geräusche waren selbst bei geschlossenen Fenstern mitunter so laut, dass Mrs Carwinkle schon einige Male mit dem Gedanken gespielt hatte, das betagte Haus mit doppelverglasten Fenstern nachzurüsten.

Umso verwunderter war sie, dass jetzt nichts zu hören war. Es war nicht nur leise – es war totenstill. Eine bedrohliche Stille, die von etwas verursacht wurde, das sich ganz nah am Haus der alten Dame aufhielt. Mrs Carwinkle konnte es spüren: Etwas schlich durch die Dunkelheit.

»Hallo?«, rief sie zögerlich in Richtung des dichten Kiefernstreifens, der sich etwa fünfzig Meter entfernt wie ein schwarzer Vorhang erstreckte. »Ist da wer?«

Mrs Carwinkle hoffte beinahe, dass jemand antworte-

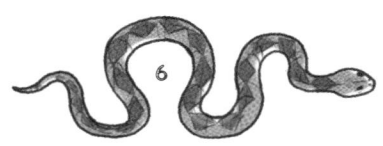

6

te. Dann wüsste sie wenigstens, dass es ein Mensch war, der da um ihr Haus strich – auch wenn seine Absichten höchstwahrscheinlich zweifelhaft waren.

Natürlich konnte es sich um irgendein nachtaktives Tier handeln – einen Puma oder Schwarzbären, der durch den Müll im Abfallcontainer angelockt worden war. Aber würde deshalb die Natur komplett verstummen?

Nein, es musste etwas anderes sein. Etwas jenseits von Mensch und Tier. Vielleicht ein Dämon. Oder ein ... Wendigo.

Ein lautes Geräusch ließ sie zusammenzucken. Mrs Carwinkle riss die Flinte hoch. Ein Schatten erhob sich aus den Kiefernwipfeln und flatterte davon. Am trägen Flügelschlag erkannte die alte Dame, dass es ein Pelikan gewesen sein musste. Aufgescheucht durch ...

Da war es wieder! Dieses Schlurfen und Schmatzen, das Mrs Carwinkle schon im Haus gehört hatte. Als würde ein dicker Schlauch durch eine Pfütze gezogen.

Rudi bellte. Er wollte raus und den unheimlichen Eindringling verscheuchen. Aber Mrs Carwinkle versperrte ihm den schmalen Durchlass zwischen Tür und Rahmen mit dem Bein. Denn wenn dort wirklich ein Wendigo herumschlich ...

Da! Wieder!

»Verschwinde!«, rief Mrs Carwinkle und ihre Stimme überschlug sich fast. »Hau ab oder ich schieße!«

Sie wusste zwar nicht, ob man einen Wendigo überhaupt erschießen konnte. Aber was sollte sie sonst tun? Jemanden zu Hilfe rufen konnte sie nicht, sie besaß ja nicht mal ein Telefon.

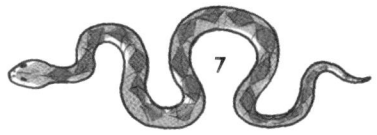

7

Langsam gewöhnten sich ihre altersschwachen Augen an die Dunkelheit und sie glaubte, einen Schatten zwischen den Bäumen zu erkennen. Er war groß wie ein ausgewachsener Mann und bewegte sich rasch entlang des Kiefernstreifens.

Die alte Dame setzte den Gewehrkolben an die rechte Schulter und drückte ab. Der Schuss zerfetzte die Stille. Dutzende Vögel flatterten auf. Und für einen Augenblick war Mrs Carwinkle vom lauten Knall der abgefeuerten Kugel wie benommen.

Deshalb bemerkte sie zu spät, dass sich Rudi an ihr vorbeidrängte und laut bellend ins Dunkel hetzte – genau zu der Stelle, auf die Mrs Carwinkle gefeuert hatte.

»Rudi!«, rief sie erschrocken aus. Aber der Schäferhund hörte nicht. Er stürzte sich ins Dickicht und knurrte wütend. Dann jaulte er auf.

»Rudi!«, brüllte Mrs Carwinkle noch einmal. »Rudi!«

Hektisch holte sie aus der Kammer unter der Treppe eine Taschenlampe. Mit zitternden Händen richtete sie einen Lichtstrahl in die Dunkelheit. Ein rotes Auge leuchtete auf und funkelte ihr entgegen. Das war zu viel für die alte Dame. Zu Tode erschrocken ließ Mrs Carwinkle die Taschenlampe fallen, im nächsten Moment brach sie bewusstlos zusammen.

Das schmatzende Geräusch zog sich ins Dunkel zurück. Dann wurde es wieder still. Totenstill.

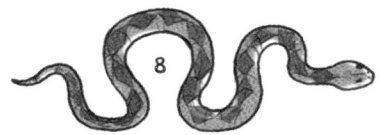

Die Everglades, eine tropische Marschlandschaft, die selten höher als zwei Meter über den Meeresspiegel reicht, liegen ganz im Süden der USA, im Bundesstaat Florida. Im Laufe der Besiedelung wurde ein großer Teil des Sumpfgebiets trockengelegt und für Wohnflächen und Äcker genutzt. Tiere und Pflanzen reagierten auf diese Eingriffe des Menschen so empfindlich, dass schließlich ein Fünftel der Fläche zum Nationalpark erklärt und sogar UNESCO-Weltkulturerbe wurde – und nicht nur das: Inzwischen steht diese Landschaft auch auf der Roten Liste des gefährdeten Welterbes.

Der Everglades Nationalpark war bis auf wenige Ausnahmen unbebaut. Nur eine einzige feste Straße führte von der nächsten größeren Stadt Homestead ins Sumpfgebiet und endete in Devils Horn, einem kleinen Ort, der durch die Tropenstürme *Katrina* und *Wilma* im Jahre 2005 so stark zerstört wurde, dass die meisten der ohnehin nicht gerade zahlreichen Bewohner in den Norden Floridas oder auf die südlich gelegenen Florida Keys, eine Reihe tropischer Inseln, gezogen waren. Übrig blieb eine Handvoll Idealisten in einem Dutzend Wohnhäuser sowie die Rangerstation *Wild Claws*.

Die Mitarbeiter der Station kümmerten sich um die große

Tier- und Pflanzenwelt der Everglades: 1 100 Pflanzenarten wuchsen im Nationalpark und mehr als 350 Vogelarten waren hier heimisch. In den Sümpfen gab es Alligatoren, Krokodile, Pumas und Schwarzbären. In tieferen Gewässern schwammen Seekühe, an der Küste zogen Haie ihre Bahnen. Handtellergroße Spinnen und dunkle Skorpione huschten durch die Kiefernwälder, die sich wie Inseln aus dem Marschland hoben. Zwischen den Mangroven an der Küste, die das Süß- vom Seewasser trennten, lebten zahlreiche Fischarten. Und die Luft schwirrte von Mücken. Die Everglades waren das reinste Paradies für Tiere und Pflanzen. Ein Paradies, das geschützt werden musste.

Jacob Matthews jagte das Propellerboot mit Höchstgeschwindigkeit durch die Sümpfe. Er war spät dran, weil er noch auf seinen Kumpel Logan gewartet hatte. Normalerweise fuhren Jack und Logan gemeinsam ins knapp vierzig Kilometer entfernte Homestead, wo sie die *Middle School* besuchten. Heute jedoch kam Logan nach einigem Hin und Her doch nicht mit: Am Tag zuvor waren Jack

und Logan nämlich auf der Suche nach Fröschen durch den Sumpf gestakt – nicht ahnend, dass direkt über ihnen eine Schlange ihren Mittagsschlaf hielt. Logan streifte sie aus Versehen mit seinem Stock, die Schlange fiel ins Wasser und biss zu. In Logans Wade.

Blöderweise handelte es sich um eine Wassermokassin, deren Gift für den Menschen tödlich sein konnte. Glücklicherweise biss sie zu, ohne ihre Giftdrüsen einzusetzen – ein Abwehrbiss, der signalisieren sollte: *Hau ab oder ich werde ungemütlich.*

Trotzdem waren die beiden Freunde so schnell wie möglich nach Devils Horn zurückgekehrt. Dort wohnten Jack und seine Familie sowie Logan und seine Mum, die außerdem auch noch die Leiterin der Rangerstation *Wild Claws* war. Sie untersuchte das Bein ihres Sohns und stellte fest, dass ihm kein Serum verabreicht werden musste. Weil sich die Wunde über Nacht jedoch leicht entzündet hatte, sollte Logan nun doch einen Tag zu Hause bleiben, um kein Risiko einzugehen, und so holte Jack jetzt das Letzte aus der *Scorpion* heraus und raste mit fast fünfzig Stundenkilometern über die Sumpflandschaft hinweg.

Das Propellerboot gehörte zur Flotte seiner Eltern, die in Homestead eine Flugschule und einen Bootsverleih betrieben. Und weil man in den Everglades ohne schwimmenden Untersatz aufgeschmissen war, hatte Jack schon vor zwei Jahren – zu seinem zehnten Geburtstag – ein eigenes Propellerboot bekommen.

Im Laufe der Zeit hatte er die *Scorpion* mit einigen Extras ausgestattet: einer Angelausrüstung inklusive Catcher, ein paar Käfigen für kleinere Tiere, die er hin und wieder

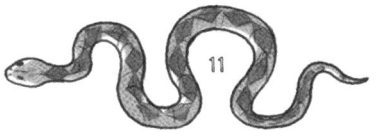

mit Logan für dessen Mum fing, und natürlich den Dosenhaltern, die er direkt neben dem Lenkrad angebracht hatte. So ausgestattet hatten er und Logan schon endlose Stunden im Sumpf mit Angeln, Reden und Chillen zugebracht. Jack liebte die Everglades und alles, was mit ihnen zusammenhing.

Außer die Mücken.

Das Wasser spritzte zu den Seiten, der Bug wippte auf und ab. Jack warf einen nervösen Blick auf die Uhr. Er konnte es noch schaffen, aber es durfte nichts mehr dazwischenkommen. Er zog das Basecap stramm über seine kurzen braunen Haare und prüfte den Sitz seiner Sonnenbrille, die er gegen den Fahrtwind trug. Dann holte er das Letzte aus dem Motor raus.

Als er eine Kieferninsel umfuhr, tauchte plötzlich ein Schatten aus dem Unterholz auf. Reflexartig riss Jack das Steuer herum. Das Propellerboot driftete zur Seite und das Heck schlug aus. Die Wucht der unvorhergesehenen Bewegung schleuderte Jack in hohem Bogen aus dem Boot. Mit einem satten *Platsch* landete er im Sumpf, während der Nothalt den Propeller abschaltete und das Boot zum Stehen kam.

Noch ganz benommen sah er sich um und fragte sich, was das gewesen sein konnte. Ein Wildschwein? Ein Puma? Ein Schwarzbär? Dann steckte er in Schwierigkeiten. Also wischte er sich so schnell wie möglich das Wasser aus dem Gesicht und rappelte sich auf. Seine abgeschnittene Löcherjeans und sein T-Shirt mit der Karte von Florida waren schmutzig und nass. Aber das machte ihm die gerings-

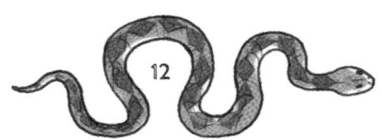

12

ten Sorgen. Erst einmal musste er wissen, wer
ihn aus dem Sitz gehauen hatte. Als er sah, mit
wem er es zu tun hatte, war er überrascht.

»Mrs Carwinkle?«, fragte er ungläubig. »Ist Ihnen was passiert?«

Die alte Dame stapfte mit gesenktem Kopf und eisigem
Blick auf ihn zu – eine doppelläufige Flinte im Anschlag.
Drohend baute sie sich vor Jack auf.

»Was tust du hier?«, zischte sie.

»Ich ... bin auf dem Weg zur Schule«, stammelte Jack.
»Erkennen Sie mich denn nicht, Mrs Carwinkle?« Er schlug
nach einer Mücke, die sich auf seinem braun gebrann-
ten Arm niedergelassen hatte, und sagte dann vorsichtig:
»Würde es Ihnen etwas ausmachen, das ... äh ... Gewehr
woandershin zu richten?«

Die alte Dame musterte ihn einen Augenblick und ließ
schließlich den Lauf sinken. »Entschuldige ...«, seufzte sie.
»Alles in Ordnung, James?«

»Jacob«, erwiderte Jack und klaubte Basecap und Sonnenbrille aus dem Sumpf. »Ja, alles okay. Aber was machen Sie denn hier, so weit weg von Ihrem Zuhause? Sind
Sie auf der Jagd?«

»Ja«, flüsterte die alte Dame heimlichtuerisch. »Das kann
man so sagen.«

»Aber Tiere im Nationalpark zu jagen, ist verboten«, sagte Jack. »Das wissen Sie doch.«

»Ich jage ja auch kein Tier«, erwiderte Mrs Carwinkle und ihr Blick verfinsterte sich wieder. »Sondern einen
Wendigo.«

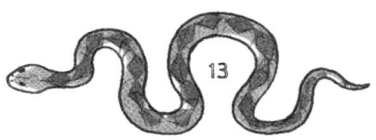

Eine halbe Stunde später lenkte Jack das Propellerboot auf das Gelände der *Wild-Claws*-Rangerstation – Mrs Carwinkle hatte er kurzerhand mitgenommen. Die Rangerstation bestand aus mehreren Gebäuden und Freigehegen, in denen kranke oder verhaltensauffällige Tiere gepflegt und beobachtet werden konnten. Herzstück war das Hauptgebäude, in dem Sarah Davis' Büro, ein Labor und ein Operationsraum untergebracht waren.

Logans Mum hatte in den fünf Jahren, in denen sie die Rangerstation jetzt leitete, schon eine Menge wilder Geschichten gehört. Aber eine so unheimliche wie die von Mrs Carwinkle war noch nicht dabei gewesen.

»Erst hörten Sie ein schlurfendes Geräusch und dann sahen Sie ein leuchtendes Auge«, fasste Sarah den Bericht der alten Dame zusammen. »Und Rudi haben Sie nicht wiedergefunden?«

Mrs Carwinkle schüttelte den Kopf. »Nein.«

»Sie sind sich sicher, dass es kein Alligator war?«

»Mrs Davis«, erwiderte Mrs Carwinkle spitz. »Ich lebe seit vierzig Jahren im Sumpf. Ich erkenne einen durchs Marschland streifenden Alligator an den Geräuschen, die er verursacht. Und ich bin mir absolut sicher, dass das letzte Nacht kein Alligator war. Es war überhaupt kein Tier.«

Sie wedelte ein paar Mücken zur Seite und fügte dann mit düsterer Miene hinzu: »Es war ein Wendigo.«

»Ich werde mir das Gelände ansehen«, sagte Sarah und drehte sich zu Basil um, einem der beiden Wildhüter, die Sarah bei ihrer Arbeit unterstützten. »Mach doch bitte schon mal ein Boot klar. Und nimm Mrs Carwinkle mit. Ich komme gleich nach.«

»Kommen Sie bitte, Ma'am.« Der große, stämmige Mann mit den dichten Augenbrauen führte Mrs Carwinkle zum Anlegesteg.

»Mum«, sagte Logan aufgeregt. »Glaubst du ihr etwa?« In seinem beigen Hemd und den grauen Bermudashorts sah er genau wie ein Park-Ranger aus. Und weil Logan mit seiner schlaksigen Gestalt und seinen einen Meter fünfundsechzig ungewöhnlich groß für sein Alter war, hielten ihn viele Besucher für einen erwachsenen Park-Ranger und erkannten oft nicht, dass er in Wirklichkeit erst zwölf Jahre alt war.

»Natürlich nicht«, erwiderte Sarah. »Ein Wendigo ist eine mythologische Gestalt, eine Legende, mehr nicht.«

»Aber in manchen Legenden steckt ein wahrer Kern«, gab Jack zu bedenken.

»In dieser nicht«, sagte Sarah mit Nachdruck. »Oder glaubt ihr, ein Dämon hätte nichts Besseres zu tun, als ›schlurfende‹ Geräusche zu machen und aus einem Busch zu glotzen?«

»Und Rudi?«, fragte Logan. »Denkst du, irgendein größeres Tier hat ihn sich geschnappt, oder was?«

»Genau, vermutlich ein Alligator oder eine Python«, erwiderte Sarah. »Vielleicht auch ein Puma. Das leuchtende Auge würde am ehesten zu ihm passen. Alles andere hat sich Mrs Carwinkle wohl bloß eingebildet.«

»Sollen wir nach ihm suchen?«, fragte Logan. »Wir könnten mit dem Propellerboot ...«

»Nein«, fuhr ihm Sarah ins Wort. »Das tut ihr nicht. Ich weiß, dass ihr nur helfen wollt. Aber wenn wirklich ein Puma hier herumstreift, ist er womöglich verletzt und wagt sich nur deshalb so nah an eine menschliche Behausung heran. Ich checke erst einmal die Lage, bevor ihr wieder in den Sumpf loszieht.«

»Wir können doch Betäubungspistolen mitnehmen«, schlug Logan vor und wechselte einen raschen Blick mit Jack, der gerade eine Mücke in seinem Nacken plattmachte. »Und wenn uns der Puma angreift ...«

»Ich habe Nein gesagt«, wiederholte Sarah und sah ihn streng an. »Der Sumpf ist bis auf Weiteres tabu für euch.«

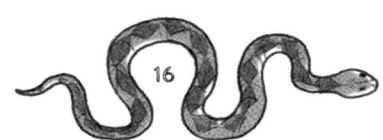

»Hier ist was«, sagte Basil, als er die Stelle untersuchte, die Mrs Carwinkle ihm und Sarah gezeigt hatte. Er beugte sich hinab und hob ein Stück Plastik auf. Es war daumennagelgroß und knallrot. »Die Kanten sind abgeplatzt. Ich frage mich, was das sein könnte.« Er reichte Sarah das Stück.

»Vielleicht irgendwas von einer Zeltausrüstung«, überlegte sie.

Basil sah sich um. »Hier hat aber niemand gezeltet. Jedenfalls kann ich keinerlei Spuren entdecken.« Er nahm den beigefarbenen Hut vom Kopf und wischte sich den Schweiß aus dem Nacken. »Das finde ich schon etwas seltsam. Und noch etwas: Wenn ein Kampf zwischen Mrs Carwinkles Schäferhund und einem anderen Tier stattgefunden hätte, müsste doch irgendwas, vielleicht sogar Blut- oder Fellfetzen, zu sehen sein. Aber da ist nichts. Gar nichts.«

»Wahrscheinlich hat sie sich das meiste einfach nur zusammenfantasiert«, sagte Sarah. »Die mit ihrem ganzen Zauberkram. Kein Wunder, dass sie da Gespenster sieht.«

»Und ihr Hund ...«, folgerte Basil, »... der Rudi ... ist also bloß abgehauen und hat sich vielleicht irgendwo im Sumpf verlaufen?«

Sarah seufzte. »Genau das fürchte ich. Und dann steht

es schlecht um ihn. Als Alligator würde ich mir einen solchen Leckerbissen nicht entgehen lassen.« Sie steckte das Plastikteil in die Brusttasche ihres Rangerhemds. »Ich sag der alten Lady Bescheid, dass wir nichts gefunden haben. Dann fahren wir zurück zur Station.«

Basil nickte. »Okay, ich mach das Boot klar.«

Sarah war gerade auf dem Weg zu Mrs Carwinkles Haus, als das Geräusch eines Propellerboots rasch lauter wurde. Die Rangerin erkannte den Sound des Motors sofort: Es war das Boot des Distriktsheriffs. Mit Karacho kam es um den Kiefernstreifen gerauscht. Sheriff Malone stoppte das Boot und sprang über die niedrige Bordkante.

»Sarah«, sagte er und wedelte den Mückenschwarm zur Seite, der zu seiner Begrüßung herangeflogen war.

»Doug«, erwiderte die Rangerin und tippte sich mit dem Finger an den Hut. Malone blieb vor ihr stehen. Sein Blick war ernst. »Was hältst du von der Sache?«, fragte er.

Sarah zuckte mit den Schultern. »Du kennst ja Carwinkle. Sie meint, es sei ein Wendigo gewesen.«

»Und was meinst du?«, fragte Malone.

Sarah winkte ab. »Wir haben alles abgesucht, aber nichts gefunden. Ich vermute mal, die Fantasie ist mit ihr durchgegangen.«

»Hm ...«, brummte Malone nachdenklich. »Immerhin habe ich in den vergangenen Wochen einige komische Geschichten zu hören bekommen.«

»Und zwei von ihnen stammten von Mrs Carwinkles Kunden«, erwiderte Sarah. »Komm schon, Doug. Die alte Lady legt den Leuten die Karten und sagt ihnen die Zukunft voraus. Sie umgibt sich mit mystischem Zeug und

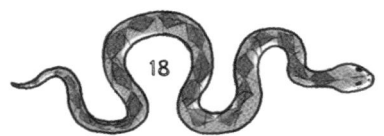

veranstaltet was weiß ich für merkwürdige Zeremonien in ihrem Haus. Du glaubst ihr doch nicht, dieses Wendigo-gerede!«

»Die anderen Leute haben nicht von Dämonen, sondern von Tieren gesprochen«, sagte der Sheriff ernst. »Von sehr großen Tieren.«

»Die es in den Everglades nicht gibt«, erwiderte Sarah. »Und wer hat sich Mrs Carwinkles Hund geschnappt?«

»Niemand. Der ist vermutlich bloß abgehauen.« Sarah schüttelte den Kopf. »Doug, das sind doch alles nur Gerüchte. Die Leute haben eigenartige Geräusche gehört oder sich vor Schatten gegruselt. Keiner hat ein ungewöhnlich großes Tier mit eigenen Augen gesehen. Das hat ihnen erst die Carwinkle mit ihren Geschichten eingeimpft.«

»Irgendwas streift durch den Sumpf und macht die Leute nervös.« Malone schnappte nach der fröhlich summenden Mücke an seinem Ohr. »Und das Verschwinden von Mrs Carwinkles Hund wird nicht gerade zu ihrer Beruhigung beitragen. Du bist die verantwortliche Rangerin, Sarah. Es ist deine Aufgabe, den Nationalpark im Blick zu behalten. Falls hier wirklich ein Tier sein Unwesen treibt – ganz gleich, ob es nun besonders groß ist oder nicht –, dann fang es ein. Sonst muss ich zu anderen Maßnahmen greifen.«

Sarah runzelte die Stirn. »Was meinst du denn damit?«

»Er meint, dass er den Sumpf trockenlegt«, ertönte hinter ihnen eine Stimme. Sarah und Malone fuhren herum. Mrs Carwinkle stand nur wenige Schritte von ihnen entfernt. Die beiden hatten sie gar nicht kommen gehört. »Oder das gesamte Gebiet wird vergiftet«, fuhr die alte Dame fort.

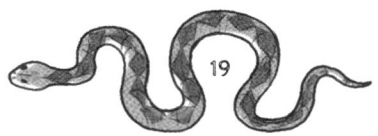

»Denn was unser Sheriff auf keinen Fall tun wird, ist, das Leben der Bewohner für irgendein wild gewordenes Viech aufs Spiel zu setzen, nicht wahr, Douglas?«

Der Sheriff holte tief Luft. »Selbstverständlich nicht, Ma'am.« Etwas leiser fügte er, an Sarah gewandt, hinzu: »Auch wenn ich deswegen nicht gleich die ganze Gegend zerstören werde.«

»Menschenleben riskieren, bloß wegen ein paar Viechern. Pah! Das hätte deine Mum auch nie zugelassen«, fuhr Mrs Carwinkle kämpferisch fort, die seine letzte Bemerkung nicht gehört hatte. »Gott sei ihrer armen Seele gnädig. Komm ins Haus, Douglas, ich mach uns eine Tasse Tee. Und dann erzähle ich dir alles. Die Dame vom Wildschutz hat das nämlich nicht besonders interessiert.«

»Mrs Carwinkle!«, sagte Sarah empört, aber die alte Dame hatte sich bereits abgewendet und ging zum Haus zurück.

»Finde dieses Tier«, raunte ihr der Sheriff zu. »Worum auch immer es sich handelt. Und alles wird gut.«

»Douglas!«, rief Mrs Carwinkle und winkte ihm von der Tür aus zu.

»Ich komme, Ma'am!«, rief Malone zurück. Er warf Sarah einen ernsten Blick zu, zerklatschte eine Mücke in der Luft und stapfte los.

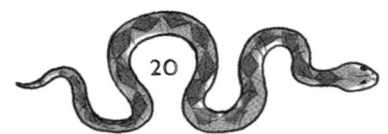

Am nächsten Tag war der Vorfall bei Mrs Carwinkle *der* Gesprächsstoff in der Schule. Und weil Logans Mum die Leiterin der Tierstation war, scharten sich die anderen natürlich um ihn und quetschten ihn dazu aus.

»*Wendigos.* Die hat doch einen an der Murmel«, sagte Dennis, der ebenfalls zwölf war und mit Logan in eine Klasse ging. »Die lebt einfach schon zu lange allein im Sumpf. Da wird man irgendwann 'n bisschen komisch in der Birne.« Er zog die Nase hoch und spuckte aus. Genau auf eine am Boden hockende Mücke.

»Die hat nur ein seltsam rotes Auge gesehen, den Rest hat sie sich dazugedacht«, gab Jack zu. »Aber das merkwürdige Auge hat sie gesehen!«

»Maggie Humphreys meinte, bei ihr im Garten wären vor ein paar Tagen Alligatorenspuren gewesen«, sagte Carol-Anne und warf ihre lange blonde Mähne theatralisch zurück. Große Gesten kündigten große Neuigkeiten an.

»Wieso hat sie meiner Mum denn nichts gesagt?«, fragte Logan unbeeindruckt.

Das Mädchen winkte ab. »War ja nicht das erste Mal. Und solange die Biester nicht im Swimmingpool rumgurken, ist es ihr egal, meinte Mag.«

»Na, dann mach dich mal auf was gefasst.« Dennis

schlug Jack lachend auf die Schulter. »Du hilfst deiner Mum doch so gerne bei ihren Einsätzen. Ich schätze, da steht dir bald ein nettes kleines Wettschwimmen des Grauens bevor.«

Logan überging die Bemerkung. »Wenn ein wildes Tier in menschlicher Umgebung auftaucht, muss das nun mal der Rangerstation gemeldet werden«, dozierte er an Carol-Anne gerichtet.

Das Mädchen hob das Kinn und rümpfte die Nase. »Willst du die Geschichte jetzt hören oder lieber einen auf Park-Ranger machen?«

Logan schnaubte beleidigt. »Is' ja gut. Erzähl schon.«

Carol-Anne nickte zufrieden. »Mrs Humphreys Freund hat sich später die Spuren angesehen und meinte, dass der Alligator ziemlich groß gewesen sein muss. Größer als alles, was er bislang gesehen hat. Und er hätte schon viele Alligatoren gesehen.«

Susan riss Unheil verkündend ihre braunen Augen auf. »Lefty Malloway hat auch so eine komische Geschichte erzählt. Hab ich zufällig gehört, als er bei *Market Square* vor mir an der Fleischtheke stand. Bei ihm im Garten hat sich angeblich was gehäutet. Irgendwas Großes, das danach noch größer war.«

»Wie in *Alien*«, flüsterte Carol-Anne und schlug sich die Hand vor den Mund.

»War bestimmt eine stinknormale Schlange«, sagte Dennis unbeeindruckt. »Wir haben dauernd Schlangenhaut bei uns im Garten rumliegen. Mein Dad macht sich daraus Trommelfelle für seine Bongos ...«

»Ach, halt die Klappe, Dennis«, unterbrach ihn Carol-

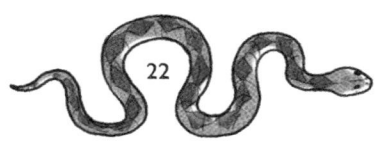

Anne entnervt und richtete den Blick wieder auf Susan. »Erzähl einfach weiter.«

»Wenn es eine normale Schlangenhaut gewesen wäre, hätte Lefty Malloway ja auch nichts gesagt«, fuhr Susan aufgeregt fort und ihre ohnehin blasse Haut wurde noch fahler. »Aber diese Haut war abartig groß.«

»Stammte vielleicht von einer Python«, überlegte Logan. Diese Schlangenart war vor Jahren in den Süden Floridas eingeschleppt worden und breitete sich seitdem ungehemmt in den Everglades aus – zum Leidwesen von Logans Mum, denn die Schlangen plünderten Vogelnester und fraßen Säugetiere. Sie wurden bis zu acht Meter lang und neunzig Kilogramm schwer – und hatten sehr viel Hunger.

»Dann war es aber keine normale Python«, erwiderte Susan. »Sondern eine Riesenpython. Allein die Haut war zehn Meter lang. Die Schlange muss also locker vierzehn, fünfzehn Meter gemessen haben!«

Logan schüttelte den Kopf. »Eine so große Schlange kann nicht Wochen oder sogar Monate durch den Nationalpark kriechen, ohne dass wir sie bemerken.«

»Sie war ja auch nicht im Park«, sagte Susan. »Sondern im Garten von Lefty Malloway. Hier in Homestead!«

»Scheint, als hätte deine Ma die Sache nicht mehr im Griff«, merkte Dennis an.

Die Schulglocke läutete das Ende der Pause ein. Ein Pelikan flatterte vorüber und ließ sich auf dem Dach des Bungalows nieder, in dem die Klassenräume untergebracht waren. Dennis machte sich auf den Weg Richtung Eingang. Carol-Anne und Susan folgten ihm.

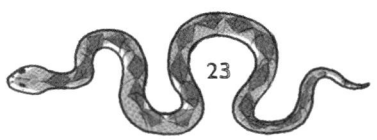

23

»Glaubst du, an der Sache ist was dran?«, fragte Jack.

Logan zuckte mit den Schultern. »Weiß nicht. Aber komisch ist es schon. Plötzlich tauchen anscheinend überall unnatürlich große Tiere auf.«

»Die aber niemand selbst gesehen hat«, ergänzte Jack. »Außer Augen in der Nacht, Spuren auf dem Rasen und Schlangenhaut hinterm Haus.«

»Vielleicht sollten wir ...« Logan verstummte. Sein Blick war auf ein Mädchen gefallen, das einige Meter von ihnen entfernt stand und sie anstarrte. Sie war komplett in Schwarz gekleidet, schwarzes T-Shirt, schwarze Hose, schwarze Schuhe. Selbst ihre kurzen Haare waren schwarz. Und ihr Blick verhieß auch nichts Gutes. »Was gibt's denn da zu glotzen?«, rief Logan gereizt.

Das Mädchen antwortete nicht.

»Die ist neu hier«, erklärte Jack rasch. »Geht in meine Klasse.«

»Und wie heißt sie?«, fragte Logan mäßig interessiert, ohne den Blick von ihr zu nehmen.

»Charlotte Pryser.«

Logan runzelte die Stirn. »Komische Type. Wirkt irgendwie so ... alt.«

»Molly meinte, Charlotte ist dreizehn«, erwiderte Jack achselzuckend. »Anscheinend wiederholt sie eine Klasse. Komm jetzt, wir müssen rein. Wir reden später über die Sache mit der Schlangenhaut.« Er zog Logan mit sich ins Schulgebäude.

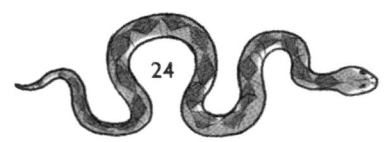

»Also? Was machen wir jetzt?«, fragte Jack seinen Freund nach der Schule, als sie zu ihren Fahrrädern gingen. Sie hatten zwar das Propellerboot, aber der Kanal begann erst im Süden von Homestead und für die Strecke dazwischen brauchten sie die Räder.

»Jetzt finden wir heraus, ob an der Sache mit der Schlangenhaut etwas dran ist«, sagte Logan, als verstände sich das von selbst.

Jack blieb stehen. »Deine Ma hat uns das Rumschnüffeln doch verboten. Schon vergessen?«

»Sie hat uns verboten, im Sumpf rumzugurken. Aber das wollen wir ja auch gar nicht. Wir wollen zu Lefty Malloway.« Logan schlug mit der flachen Hand auf eine Mücke, die es sich auf dem Sattel seines Fahrrads bequem gemacht hatte.

»Aber genau das meinte sie«, sagte Jack. »Vielleicht sollten wir lieber abwarten ...«

»Abwarten?«, fragte Logan. »Du hast doch gehört, wie Dennis über meine Mum gelästert hat. Das hat er bestimmt von seinen Eltern. Und damit ist er nicht allein.« Er schüttelte den Kopf. »Die Leute hier waren von Anfang an dagegen, dass meine Mum den Posten kriegt. Wenn sie die Sache jetzt nicht in den Griff bekommt, sagen sie: *Siehste, hab ich doch gleich gesagt! Die Davis hat's nicht drauf!* Ich hab nicht vor zu warten, bis ...« Er verstummte abrupt.

»Was ist?«, fragte Jack.

»Hinter dir«, raunte Logan.

Jack drehte sich um. Charlotte Pryser stand einige Meter entfernt und beobachtete die beiden.

»Die schleicht hinter uns her«, behauptete Logan.

»Vielleicht hat sie einfach nur denselben Weg wie wir«, überlegte Jack.

»Super. Dann kann sie ja auch an uns vorbeigehen.« Logan trat zur Seite. »Bitte, die Dame!«, rief er so laut, dass Charlotte es hören konnte. »Wir stehen nicht im Weg!« Aber das Mädchen reagierte nicht. Stattdessen drehte sie sich plötzlich um und ging mit raschen Schritten davon.

»Von wegen, die hat denselben Weg: Die hat uns verfolgt!« Logan schnaubte gereizt. »Wer weiß, für wen sie spioniert.«

»Wie meinst du das?«, fragte Jack.

»Na, ist doch komisch, dass die genau dann an unsere Schule kommt, wenn wir dieses Tierproblem bekommen.«

»Blödsinn. Das ist bloß Zufall.«

»Oder auch nicht.« Logan stieg auf sein Rad. »Mach schon, jetzt nehmen wir uns erst mal Malloway und seine Schlangenhaut vor.«

Zehn Minuten später erreichten sie das Haus von Lefty Malloway. Seine Frau hatte bereits vor Jahren Reißaus vor der Trunksucht ihres Mannes genommen. Sein Sohn jobbte in Miami als Surflehrer und hatte in der Vergangenheit schon oft Ärger gemacht. Auch Lefty war nicht gerade als

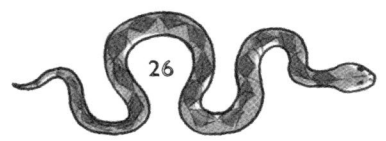

umgänglicher Charakter bekannt. Er war seit vielen Jahren arbeitslos und schon mehr als einmal mit Logans Mum aneinandergeraten, weil er illegal in den Everglades geangelt hatte.

»Du willst ihn wirklich einfach so mit deinen Fragen überfallen?«, wunderte sich Jack, als sie zur Eingangstür des schlichten Bungalows gingen.

Logan zuckte mit den Achseln. »Fällt dir was Besseres ein?« Er klingelte, aber nichts passierte. »Kaputt.« Er klopfte gegen die Tür. Wieder keine Reaktion.

»Vielleicht ist er nicht da«, überlegte Jack.

Logan klopfte noch einmal. Stärker. Auch jetzt rührte sich nichts.

»Hauen wir ab«, schlug Jack vor. »Irgendwie ist mir bei der Sache nicht wohl.«

»Quatsch, ist doch super, wenn er nicht da ist«, erwiderte Logan. »Dann haben wir freie Bahn.« Er ging zur Ecke des Hauses und sah Richtung Garten.

Jack wirkte leicht entsetzt. »Alter, wir können doch nicht einfach einbrechen.«

»Tun wir ja auch gar nicht«, sagte Logan. »Wir sehen uns nur ein bisschen in seinem Garten um.« Als er den zweifelnden Blick seines Kumpels bemerkte, schlug er ihm aufmunternd auf die Schulter. »Es passiert schon nichts.« Damit pirschte er sich an der Hausfassade entlang zur hinteren Seite des Bungalows.

Jack drehte sich nervös um. Aber auf der Straße war niemand zu sehen. Er gab sich einen Ruck und folgte seinem Freund in den Garten.

»Susan meinte, Malloway hätte die Schlangenhaut im

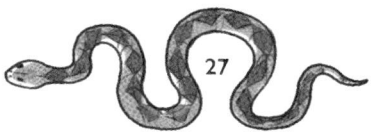

Garten gefunden«, murmelte Logan und suchte den Rasen ab. »Vielleicht liegt sie ja noch irgendwo hier rum.«

Er und Jack sahen sich auf dem schmalen Rasenstück um. Aber außer Schwärmen von hungrigen Mücken fanden sie nichts.

»Ich schätze mal, Malloway hat die Haut schon ins Haus geschafft«, überlegte Jack.

Logan bückte sich und hob ein Stück glänzendes Metall auf.

»Was ist das?«, fragte Jack neugierig. Anstelle einer Antwort reichte Logan ihm wortlos das Fundstück. Als Jack las, was in das Metallstück eingeprägt war, stockte ihm der Atem. »Das glaub ich jetzt nicht!«

»Kann ich euch helfen?«

Jack und Logan fuhren herum. Neben dem Haus stand ein Mann mit dichtem Bart, speckiger Schirmmütze und einem ölverschmierten Blaumann. In seinen Händen hielt er ein Gewehr.

»Tag, Mr Malloway«, sagte Logan und machte einen Schritt auf ihn zu, während Jack das Metallstück rasch in seiner Hostentasche verschwinden ließ. »Wie geht's denn so?«

»Stehen bleiben«, zischte Malloway und hob den Lauf seiner Waffe. »Was sucht ihr hier? Und kommt mir bloß nicht mit irgendwelchen Lügengeschichten! Auf meinem Grund und Boden darf ich mich gegen Eindringlinge verteidigen. Ohne Vorwarnung!«

»Wir haben geklingelt und geklopft«, erklärte Logan rasch. »Aber es hat niemand aufgemacht.«

»Was euch noch lange nicht das Recht gibt, einfach

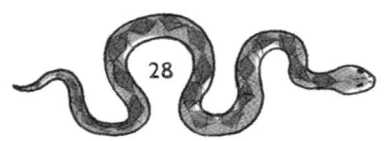

in meinen Garten zu marschie-
ren«, schimpfte Malloway und
spuckte braunen Rotz auf
den Rasen. »Besonders nicht

du, Logan Davis. Hat dich deine Mum geschickt? Sollst du
mich ausspionieren?«

»Gibt's dafür denn einen Anlass?«, gab Logan kämpferisch zurück.

Malloway funkelte ihn böse an. Und einen kurzen
schrecklichen Moment lang glaubte Jack, der nervö-
se Mann würde seine Waffe gleich abfeuern. Aber dann
drehte er den Lauf plötzlich zur Seite.

»Haut ab oder ich ruf den Sheriff«, raunte er und killte
eine Mücke auf seinem Arm. Er schnippte die Überreste
mit dem Finger weg.

»Nur eine Frage«, sagte Jack hastig. »Was haben Sie mit
der Schlangenhaut gemacht? Susan Claybourgh hat uns
davon erzählt. Sie meinte, die Haut wäre ziemlich groß. Ungewöhnlich groß. Deshalb sind wir nämlich auch gekommen: weil wir die Schlangenhaut gerne mal sehen wollten.«

»Is' aber nich' mehr da«, gab Malloway knapp zurück.

Logan zog die Stirn kraus. »Wo ist sie denn?«

»Das geht dich gar nichts an.« Malloways Finger spielte
nervös am Abzug des Gewehrs herum.

»Sie wissen, dass Sie ungewöhnliche Entdeckungen, die
etwas mit Tieren zu tun haben, melden müssen«, sagte Logan. »Warum haben Sie es nicht getan?«

»Weil es nichts zu melden gab«, antwortete Malloway
und spuckte noch einmal auf den Rasen. »Die Haut ist weg.
Ende der Geschichte.«

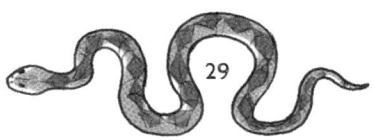

»Sie kann ja schlecht selber weggekrochen sein«, beharrte Logan. »Also stellt sich die Frage, wer sie weggenommen hat.«

»Ich weiß es nicht«, sagte Malloway genervt. »Schätze mal, da hat sich jemand genauso hinterhältig hier eingeschlichen wie ihr.« Er schwenkte den Lauf der Waffe wieder in Richtung der beiden Jungs. »Ist die Fragestunde jetzt beendet?«

»Na toll. Das ging ja voll daneben«, meckerte Jack, als er und Logan kurz darauf das Grundstück verließen. »Und garantiert gibt das noch jede Menge Ärger.«

Logan schüttelte den Kopf. »Glaube ich nicht. Malloway hätte den Fund melden müssen. Außerdem nehme ich es ihm nicht ab, dass die Haut geklaut wurde.«

»Sondern?«, fragte Jack.

Logan zuckte mit den Achseln. »Vielleicht hat er sie verhökert. Oder die Schlange sogar illegal erlegt.«

»Aber dann erzählt er es doch nicht im Supermarkt herum«, gab Jack zu bedenken. Er runzelte die Stirn. »Blöd nur, dass wir nicht überprüfen konnten, ob die Haut wirklich so groß ist, wie Malloway Susan gegenüber behauptet hat.«

»Zumindest wissen wir jetzt sicher, dass es sie überhaupt gab«, erwiderte Logan. »Und außerdem ... haben wir ja noch diese Hundemarke.«

Jack zog die glitzernde Plakette aus der Hosentasche und betrachtete sie eingehend. »Was bedeutet das?«

»Ich weiß es nicht«, sagte Logan. »Aber wir werden es

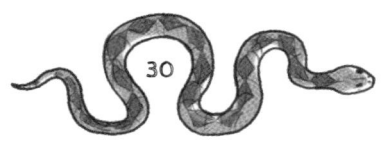

herausfinden. Ist mit Sicherheit kein Zufall, dass wir die Hundemarke ausgerechnet in Leftys Garten finden.«

»Was schlägst du also vor?«

»Wir fahren zur Station und horchen mal, was es Neues gibt. Dann sehen wir weiter.«

»Alles klar.« Jack steckte die Marke zurück in seine Tasche. Die Hundemarke mit dem eingravierten Namen *Rudi*.

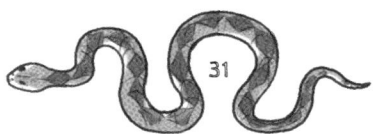

Als Logan und Jack auf *Wild Claws* ankamen, lag die Rangerstation wie ausgestorben da. Normalerweise war immer einer der Wildhüter auf dem Gelände zu sehen – oder ein Student, der sich mit dem Füttern der Tiere oder dem Ausmisten der Ställe ein paar Dollar dazuverdiente. Als Jack das Propellerboot am Anleger neben dem Eingang zum Stehen brachte und den Motor abschaltete, war es merkwürdig still. Geradezu gespenstisch still. Abgesehen vom Summen des Mückenschwarms direkt neben seinem Kopf.

»Was ist denn hier los?«, fragte Logan und stieg aus dem Boot. Ratlos blickte er sich um.

»Die sind vielleicht alle im Haupthaus«, überlegte Jack und zog den Zündschlüssel heraus. Dann kletterte auch er auf den schmalen Holzsteg, der zur Station führte.

Logan verharrte mit gespitzten Ohren. »Hörst du das?«

Jack lauschte in die Umgebung. »Ich höre nichts.«

»Eben«, sagte Logan. »Keine Menschen, keine Tiere, nicht mal Insekten.« Er zog die Stirn kraus. »Irgendetwas stimmt hier nicht.«

Auf einmal schälte sich ein tiefes Dröhnen aus der Stille und wurde rasch lauter. Es klang wie das Donnern von einem halben Dutzend Pferden, die im Galopp auf die Station zugeritten kamen. Nur gab es in der näheren Umgebung überhaupt keine Pferde.

Logan wurde kreidebleich. »Ich weiß, was das ist.« Er starrte zu Jack. »Das sind ...«

»Wildschweine!«, brüllte eine Stimme vom Haupthaus aus. Basil stand am Fenster und winkte ihnen aufgeregt zu. »Hinter euch!«

Logan und Jack drehten sich um. Eine Horde Wildschweine galoppierte ums Säugetiergehege und stürmte direkt auf sie zu.

»Weg hier!« Logan rannte los. Jack folgte ihm auf dem Fuß. So schnell sie konnten, rannten sie Richtung Haupthaus. Aber plötzlich kam um die Ecke des Gebäudes eine zweite Horde Wildschweine gestürmt und schnitt ihnen den Weg ab.

»Zu den Bäumen!«, rief Logan und gab die Richtung vor. Er und Jack rasten zu einem schmalen Streifen Zypressen, der die Rangerstation vom angrenzenden Parkplatz trennte. Kurz vor einem Baum mit tief hängenden Ästen stoppte Logan plötzlich und drehte sich um. Im selben Augenblick kam seine Mum aus der Station gestürzt – mit einem Gewehr in der Hand.

Logan packte den untersten Ast der Zypresse und zog sich hoch. Dann reichte er Jack die Hand. »Komm schon!«

Jack setzte einen Fuß auf den Ast, zog sich ebenfalls hoch und – rutschte ab. »Au!«, schrie er, als er auf den staubigen Boden stürzte. Besorgt kniff Logan die Augen zusammen: Die Wildschweine waren höchstens noch fünfzig Meter entfernt. Seine Mum legte an.

»Nicht schießen!«, brüllte Logan und sprang von der Zy-

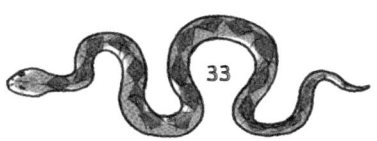

presse hinunter. Hastig half er Jack erst auf die Beine und dann auf den Baum. Als der sicher den untersten Ast erreicht hatte, zog sich Logan wieder hoch. Er hatte das Bein gerade weggezogen, da erreichte die Meute den Baum. Der größte der Keiler richtete sich auf und schnappte nach Logans Fuß. Er verfehlte ihn nur um Zentimeter.

Im selben Augenblick durchzuckte ein Schuss die Stille. Die Wildschweine quiekten laut auf und rannten durcheinander. Logan sah zu seiner Mum, die das Gewehr durchlud und den Lauf in den Himmel richtete. Dann drückte sie ein zweites Mal ab. Diesmal trieb der Knall den großen Keiler in Richtung Busch, wohin ihm die übrigen Wildschweine in rasendem Galopp folgten. Kurz darauf waren sie im Dickicht verschwunden und nur ihre Hufspuren auf dem staubigen Weg zeugten noch davon, dass sie gerade eben die Rangerstation aufgemischt hatten.

»Das war knapp«, sagte Sarah, als sie und die beiden Wildhüter den Baum mit Logan und Jack erreichten. »Wenn du nicht gerufen hättest, hätte ich einen von ihnen erlegt.«

»Gut, dass du es nicht getan hast«, gab Logan zurück und sprang vom Ast herunter.

Basil und Tramp halfen Jack herunter, der beim Auftreten das Gesicht verzog.

Sarahs Gesicht verriet Sorge. »Könnte verstaucht sein. Wir bringen dich in die Station. Dann sehe ich mir das an.«

Der OP der Rangerstation war im hinteren Teil des Haupthauses neben dem Labor untergebracht. Nachdem sich Jack mit Basils und Tramps Hilfe auf den Operationstisch

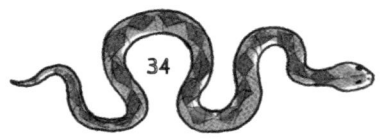

gehievt hatte, auf dem normalerweise kranke Tiere behandelt wurden, verließen sie den Raum und überließen ihrer Chefin das Feld.

Vorsichtig öffnete Sarah den Schnürsenkel von Jacks rechtem Sneaker. Er zuckte bei der Bewegung zurück.

»Stück Holz zum Draufbeißen gefällig?«, fragte Logan grinsend.

»Sehr witzig«, erwiderte Jack und spannte seine Muskeln an, während Sarah erst den Schuh und dann die Socke auszog.

Ein Waschbär kam durch die angelehnte Tür gesaust.

»Hey, Sam!«, rief ihm Logan zu. »Wie wär's, wenn du Jack ein bisschen tröstest?«

Der Waschbär warf Logan einen raschen Blick zu, suchte dann etwas unter einem der Schränke und verschwand unverrichteter Dinge wieder.

»Was ist denn mit dem los?«, murmelte Logan und sah dem Pelztier nach.

»Au!«, rief Jack und zuckte zusammen.

»Sorry«, sagte Sarah und betrachtete Jacks Fuß. »Gebrochen ist er nicht. Aber heftig geprellt.« Sie stand auf und ging zum Arzneischrank. »Ich trage dir eine abschwellende Creme auf und verbinde den Fuß mit einem festen Verband. Und Logan ...« Sie schaute kurz zu ihrem Sohn. »Irgendwo müssten auch noch Krücken sein.«

»So schlimm ist es doch gar nicht«, wiegelte Jack ab. »Ein Verband reicht aus. Krücken brauch ich nicht.«

»Je weniger der Fuß belastet wird, desto schneller heilt er«, widersprach Sarah und kam mit Creme und Verbandszeug zurück. »In ein paar Tagen ist die Sache erledigt.«

»Wieso machen die das?«, fragte Logan vom anderen Ende des Raums, wo er zwischen einigen Krokodilgebissen, die die Ranger einer Schmugglerbande abgenommen hatten, zwei Krücken fand.

»Wer macht was?«, fragte Sarah und schraubte die silberfarbene Tube auf.

»Die Wildschweine«, sagte Logan. »Wieso greifen sie uns an?«

»Wildschweine sind von Natur aus aggressiv«, stellte Sarah klar und trug einen dicken Streifen Creme auf Jacks Fuß auf. »Vor denen sollte man sich immer in Acht nehmen.« Sie begann, die weiße Paste einzureiben. Jack biss die Zähne zusammen.

Logan kam mit den Krücken zurückgeschlendert. »Aber die greifen doch keine Station an. Schon gar nicht in zwei Rudeln.«

»Wie meinst du das?«, fragte seine Mum.

»Na ja, das erste Rudel war ja schon im Lager zugange, als Jack und ich ankamen, oder?«

Sarah nickte. »Die sind ganz plötzlich hier aufgetaucht«, bestätigte sie. »Donnerten wie aus dem Nichts aus dem Busch und hätten uns beinahe überrannt. Nur mit Müh und Not haben wir es in die Station geschafft. Während die Wildschweine durch die Außengehege geprescht sind und die übrigen Tiere aufgescheucht haben.« Sie schüttelte nachdenklich den Kopf. »Ein absolut untypisches Verhalten.«

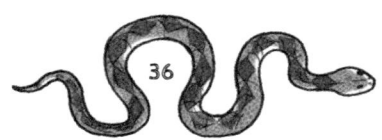

»Und dann taucht plötzlich ein zweites Rudel auf«, sagte Logan. »Nachdem Jack und ich mit dem Propellerboot angekommen waren. Es wirkte fast so ...« Er suchte nach den richtigen Worten.

»Als hätten sie sich abgesprochen«, kam ihm Jack zu Hilfe. Sarah zog die Stirn kraus. »Wie meint ihr das?« Sie nahm den Verband und schnitt die Packung auf.

»Ist doch merkwürdig, wie sich die Tierwelt in letzter Zeit verhält, finden Sie nicht auch, Mrs Davis?« Jacks Blick fiel auf die Packung in ihrer Hand. »Ist das etwa Verbandsmaterial für Affen?«, fragte er und zeigte auf den Schimpansen, der auf der Verpackung abgebildet war.

»Affen sind deine engsten Verwandten in der Tierwelt«, erwiderte Sarah beiläufig. »Also hab dich mal nicht so.« Sie wickelte den Verband um Jacks Fuß. »Aber was meinst du damit, dass sich die Tierwelt merkwürdig verhält? Abgesehen von Wildschweinen.«

»Na, zum Beispiel die Sache bei Mrs Carwinkle«, sagte Jack. »Falls es wirklich ein Puma oder Alligator und kein Wendigo war.«

»In der Schule haben sie auch merkwürdige Sachen erzählt«, ergänzte Logan. »Von irgendwelchen gigantischen Tieren, die hier unterwegs sein sollen.«

Sarah klebte das Ende des Verbands fest. »Ihr wisst doch, dass noch niemand eins von diesen Riesentieren gesehen hat.«

»Du meinst, die Leute lügen?«, fragte Logan.

»Nicht absichtlich«, erwiderte seine Mum. »Aber Menschen neigen zu Übertreibungen. Besonders wenn sie sich etwas nicht erklären können.«

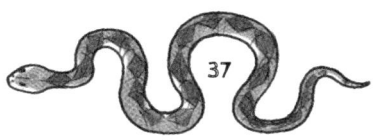

»Und Mrs Carwinkle?«, fragte Jack.

Sarah neigte den Kopf zur Seite. »Was soll mit ihr sein?«

»Sie hat dieses rote Auge gesehen. Und ihr Hund ist auch verschwunden. Könnte es nicht sein ...« Er zog die Stirn kraus. »Dass sich da draußen doch ein ungewöhnlich großes Tier rumtreibt?«

»Zum Beispiel eine Python«, sagte Logan. »Eine Riesenpython.«

»Sie hat Mrs Carwinkle vom Baum aus angestarrt und danach ihren Hund gefressen«, ergänzte Jack. »Wäre doch möglich, oder?«

Sarah schüttelte den Kopf. »Dann hätten wir Spuren finden müssen. Aber es gab keine. Bis auf das hier.« Sie zog das Stück roten Plastiks aus der Brusttasche ihres Hemds.

»Darf ich mal sehen?«, fragte Jack. Sarah reichte ihm das Bruchstück.

»Was ist das?«, fragte Logan.

Seine Mum zuckte mit den Achseln. »Wahrscheinlich einfach nur irgendein Stück Plastik.«

»Dürfen wir es haben?«, fragte Jack.

Sarah zog die Stirn kraus. »Wozu?«

»Vielleicht finden wir raus, woher es stammt«, sagte Logan. »Überlass es uns für ein paar Tage. Dann kriegst du es auch zurück. Okay?«

»Okay«, seufzte Sarah und reichte Jack die Krücken. »Rufst du deine Eltern an und erzählst ihnen, was hier passiert ist? Sollen deine Mum oder dein Dad heute vielleicht früher nach Hause kommen?«

»Ach was.« Jack winkte ab. »Ist doch alles super versorgt. Kein Problem.«

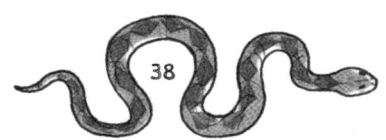

»Eben. Deswegen gehen wir jetzt auch ins Labor«, verkündete Logan und sprang auf.

»Erst werden die Alligatoren gefüttert«, befahl Sarah. »Nicht dass die vor lauter Hunger auch noch Amok laufen.«

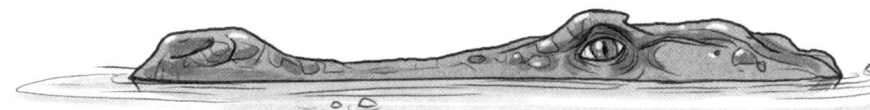

Logan schnappte sich den Eimer mit dem Fleisch für die Alligatoren. Jack humpelte auf Krücken neben ihm her.

»Würde dir ja gerne beim Tragen helfen«, sagte er. »Aber du hast's ja selbst gehört: Ich muss mich schonen.«

»Jaja, schon klar«, lachte Logan. Sie verließen das Haupthaus und gingen über einen schmalen Holzsteg bis zur Croc-Bridge, unter der ein abgezäunter Bereich Sumpflandschaft ein Dutzend Alligatoren beherbergte. Einige hatten sich in die Gärten von Bewohnern verirrt oder waren in deren Swimmingpools gefallen, aus denen sie aus eigener Kraft nicht wieder herausgekommen waren. Dann zogen Sarah und die Wildhüter los, fingen die Tiere ein und brachten sie zur Station. Dort wurden sie untersucht, vermessen und registriert. So behielten die Ranger auch langfristig einen Überblick über die Population und wussten meistens ziemlich genau, welches Tier sich wo aufhielt: Denn nach ein paar Tagen wurden sie in der Regel wieder freigelassen.

Nur ein einziger Alligator war ein Langzeitgast auf der Rangerstation: ein sieben Meter langes, schon etwas älteres Reptil. Sie hatten es »Captain One Eye« getauft, weil es nur noch ein Auge hatte. Das andere hatte der Alligator beim Kampf mit einem Artgenossen verloren, bei dem er beinahe gestorben wäre. Die Ranger hatten den Captain mitgenommen und aufgepäppelt. Ein paar Wochen später ließen sie ihn wieder frei. Aber nur einen Tag darauf war One Eye zurückgekehrt. Das Spiel wiederholte sich einige Male, bis den Rangern dämmerte, dass der Captain sich an die regelmäßigen Fütterungen in der Tierstation gewöhnt hatte. Und weil er nicht mehr der Jüngste war und mit nur einem Auge nicht mehr so gut jagen konnte, machte Sarah eine Ausnahme und gewährte dem Captain Asyl. Seitdem bekam One Eye von Logan stets das größte Stück Fleisch, was dem Alligator offenkundig sehr gefiel.

»Mittagszeit!«, rief Logan und stellte den Eimer auf dem schmalen Holzsteg ab. Dann warf er einen Fleischbrocken ins Gehege. Sofort kam Bewegung in die Truppe. Die Tiere stürzten sich auf den Leckerbissen und schnappten nach ihm. Nur One Eye rührte sich nicht vom Fleck.

»Wo ist denn unser anderer spezieller Freund ... Croc?«, fragte Jack und sah sich im Gehege um. »Oder habt ihr ihn wieder freigelassen?«

Logan schüttelte den Kopf. »Er hat sich irgendwo versteckt und beobachtet uns. So, wie er es immer tut.« Er zeigte mit dem Finger auf eine schlammige Pfütze. »Da ist er.«

Jack folgte der Richtung, in die sein Freund wies. Dann sah auch er die beiden Augen, die aus dem Schlamm hervorlugten, während der Rest des viereinhalb Meter langen Krokodils im trüben Wasser verborgen blieb.

»Auch er hat sich zuletzt so seltsam benommen und überhaupt keine Scheu mehr gezeigt«, sagte Jack nachdenklich. Basil und Tramp hatten nämlich von einem

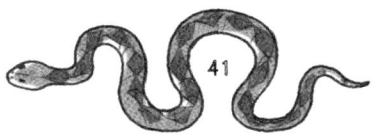

41

regelrechten Kampf mit dem riesigen Reptil berichtet, das sich in der Garage von Mr McAllister eingerichtet hatte und einfach nicht herauskommen wollte. Die beiden mussten es schließlich mit einem Betäubungspfeil außer Gefecht setzen. Seitdem betrachtete es die Mitarbeiter der Station mit besonderem Argwohn.

»Krokodile sind keine Angsthasen«, merkte Logan an und trat nach einer Mücke, die vor ihm auf dem Boden gelandet war. »Und wenn sie mal einen schönen Platz gefunden haben, geben sie ihn nicht so schnell wieder her.«

»Aber Garagen gehören normalerweise nicht zu ihren Lieblingsunterkünften«, erwiderte Jack. »Vielleicht gibt's ja einen speziellen Grund für dieses seltsame Benehmen.«

Logan zog die Stirn kraus. »Du meinst, das Verhalten von Croc und den anderen Tieren könnte dieselbe Ursache haben?«

»Wär doch möglich«, sagte Jack. »Croc richtet sich in einer Garage ein, über Mrs Humphreys Grundstück stapft ein riesiger Alligator, in Lefty Malloways Garten häutet sich eine gewaltige Schlange und zwei Wildschweinrudel nehmen die ganze Station in die Zange.«

Logan wurde nachdenklich. »Wenn man es so aufzählt, könnte man wirklich einen Zusammenhang vermuten.«

»Und wahrscheinlich gibt es noch weitere Vorfälle, die die Leute nur nicht gemeldet haben«, fuhr Jack fort.

Waschbär Sam huschte an ihnen vorüber und sauste

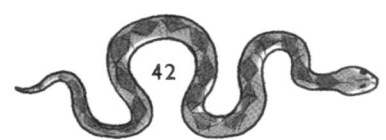

Richtung Vogelvoliere. Er legte die Vorderpfoten an die Gitterstäbe und hob die Schnauze.

»Sogar Sam benimmt sich seit ein paar Tagen merkwürdig«, sagte Logan. »Aber vielleicht bilde ich mir das auch nur ein, weil ich jetzt genauer darauf achte.« Sam nahm die Pfoten vom Käfig, sah sich um und verschwand dann zwischen den Außengehegen. Logan drehte sich zu Jack. »Was denkst du über Mrs Carwinkles Wendigo?«

»War vielleicht doch ein Puma«, erwiderte Jack und schlug mit der Krücke nach einer Mücke. »Oder ein Schwarzbär. Und seine Spuren wurden irgendwie beseitigt.«

»Von derselben Person, die ein rotes Plastikteil zurückgelassen hat.« Logan zog das Bruchstück aus der Tasche und betrachtete es. »Und diese Person hat vielleicht auch Rudi mitgenommen.« Er hob den Kopf. »Glaubst du, Lefty Malloway steckt dahinter?«

»Zumindest ist es seltsam, dass wir Rudis Marke in seinem Garten gefunden haben«, erwiderte Jack. »Ob er was mit dem Verhalten der Tiere zu tun hat ...« Er zuckte mit den Achseln.

»Wir brauchen mehr Infos«, sagte Logan. »Besonders, was den angeblichen Wendigo angeht.«

»Deine Mum und Basil haben alles abgesucht. Wenn es Spuren gab, hätten sie die doch bemerkt.«

»Meine Mum ist gestresst. Die kriegt mächtig Druck von Sheriff Malone und den Leuten aus Homestead. Gut möglich, dass sie dabei was übersieht. Wir schauen uns die Stelle hinter Mrs Carwinkles Haus noch mal an. Die alte Lady muss nichts davon erfahren. Ebenso wenig wie meine Mum.«

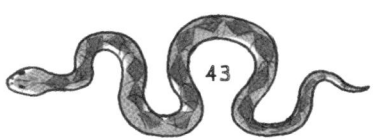

Jack zögerte. »Und wenn was schiefgeht?«

»Was soll schon schiefgehen?«, fragte Logan und packte das letzte Stück Fleisch im Eimer. »Wir sind Wildhüter, Jack. Uns kann so schnell nichts überraschen.« Er warf das Stück in Richtung des Captains. Doch bevor der danach schnappen konnte, schoss plötzlich Croc aus seinem Versteck hervor und schnappte den Brocken. One Eye riss drohend das Maul auf. Aber sein Rivale war schon wieder verschwunden. Und der Alligator ging leer aus.

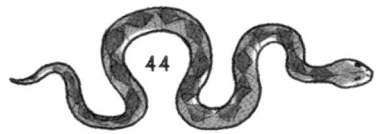

Jack und Logan stoppten das Propellerboot ein paar Hundert Meter von Mrs Carwinkles Haus entfernt. Der mannshohe Propeller verursachte einen ohrenbetäubenden Lärm, womit das Propellerboot völlig ungeeignet war, um sich unbemerkt zu nähern. Also stapften Jack und Logan nun den restlichen Weg bis zum Haus durch das sumpfige Marschland. Der Boden war jetzt, am Ende der Regenzeit, so feucht, dass ein Durchqueren zu Fuß schon fast so anstrengend wie eine Bergbesteigung war.

Überall um sie herum kreuchte und fleuchte es. Wolfsspinnen huschten zwischen Grasbüscheln davon und blau schimmernde Stinkwanzen sonnten sich auf Farnblättern. Bunte Schmetterlinge flatterten auf und die Luft war erfüllt vom Zirpen der Zikaden. Die Everglades wirkten wie ein schier unerschöpflicher Pool mannigfaltigen Lebens. Und doch war dieses reichhaltige Ökosystem gefährdet.

Die Trockenlegungen, mit denen Platz für Ackerflächen geschaffen worden war, stellten nicht das einzige Problem dar. Zugleich war die heimische Tierwelt durch eingeschleppte Arten gefährdet. Dazu gehörten neben Wildschweinen, Ratten und Katzen vor allem Tigerpythons, die sich in den vergangenen Jahren ungehindert vermehrt hatten. Sie ernährten sich von Säugetieren und stellten eine ernste Gefahr für diverse Populationen dar. Alle Versuche, der Plage Herr zu werden, waren gescheitert, sodass schließlich sogar indische Schlangenfänger eingeflogen worden waren, die die Ranger unterstützten. Die Experten konnten auch erste Erfolge verbuchen und fingen einige Dutzend Pythons. Aber bei einer geschätzten Population von zehntausend Tieren würde es Jahre dauern, bis das Problem auch nur annähernd in den Griff zu bekommen wäre.

Die Everglades waren Logans und Jacks Heimat und die wollten sie sich nicht kaputt machen lassen. Deshalb taten sie alles, was in ihrer Macht stand, um das ökologische Gleichgewicht wiederherzustellen.

Logan und Jack pirschten sich durch den schmalen Kiefernstreifen in Richtung des Hauses von Mrs Carwinkle. Die Gehhilfen hatte Jack im Boot gelassen. Die Verletzung am Fuß tat zwar noch weh. Aber nicht so sehr, dass Jack Lust hatte, sich noch länger mit Krücken abzumühen.

»Hier ist es«, flüsterte Logan, als sie rund fünfzig Meter vom Haus entfernt die letzte Baumreihe erreichten. Von diesem Standpunkt aus war das einstöckige Haus der alten Dame durch das Gestrüpp gut zu erkennen. »Irgendwo hier hat garantiert dieses seltsame ... Wesen oder Vieh oder was auch immer gelauert.«

Jack untersuchte den Baum. »Wenn es eine Riesenpython gewesen wäre, müssten hier Zweige abgebrochen sein. Aber ich kann nichts entdecken.«

»Mrs Carwinkle hat meiner Mum erzählt, dass dieses rote Auge ungefähr in Höhe vom Kopf eines Mannes war«,

sagte Logan. Er hob den Blick und entdeckte einen Ast, der beinahe waagerecht vom Stamm der Kiefer abzweigte. »Weißt du, was? Ich heb dich einfach hoch.« Er ging in die Knie.

»Wieso das jetzt?«, fragte Jack verdutzt.

»Na, ich nehm dich auf die Schulter und du siehst nach, ob dir da oben auf dem Ast irgendwas Ungewöhnliches auffällt. Mit dir auf der Schulter sind wir größer als jeder Erwachsene. Und ich wette, Mum und Basil haben sich diese Mühe nicht gemacht. Also, komm schon.«

»Wenn du meinst«, seufzte Jack. Er krabbelte auf die Schulter seines Freundes und klammerte sich mit den Händen an dessen Kinn fest.

»Ich steh jetzt auf«, ächzte Logan und hievte Jack hoch.

»Vorsicht!«, rief der und zog den Kopf ein. »Beinah hättest du mich gegen den Ast gedonnert.«

»Jammer mal nicht rum«, schnaufte Logan. »Sag mir lieber, ob dir irgendwas auffällt.« Angestrengt versuchte er, das Gleichgewicht zu halten, was auf dem unebenen Boden gar nicht so leicht war.

Jack untersuchte erst den Ast und sah dann zum Haus von Mrs Carwinkle. »Ich hab von hier aus einen direkten Blick zum Haus«, sagte er und pustete eine Seidenspinne zur Seite, die den Ast entlangspazierte. »Ist gut möglich, dass ... was ist denn das?«

»Was gefunden?«, ächzte Logan, dessen eingeschränkte Bewegungsfreiheit ein paar Mücken nutzten, um sich an seinen Knöcheln eine Portion Blut schmecken zu lassen.

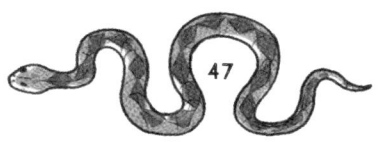

Jack zog sein Handy aus der Tasche und machte ein Foto. »Das sieht aus, als ob ...«

»Nicht bewegen!«, rief eine Stimme. Logan drehte sich zur Seite. Jack klammerte sich am Kinn seines Freundes fest. Nur wenige Meter von ihnen entfernt stand Mrs Carwinkle – und richtete ihre doppelläufige Schrotflinte direkt auf die beiden Jungs.

Oh nein, dachte Jack. *Nicht schon wieder!*

»Mrs Carwinkle ...«, setzte er vorsichtig an.

Die alte Dame hob den Lauf und zielte auf seinen Kopf. »Gaaanz ruhig«, sagte sie und spannte den Hahn.

»Nicht schießen«, bat Jack. »Wir sind's doch nur: Logan und ...«

Der Schuss krachte los. Ohrenbetäubend laut. Jack wurde schwarz vor Augen. Er war sich sicher, dass Mrs Carwinkle ihn getroffen hatte. Mitten ins Herz. Aber er verstand nicht, warum.

»Alles okay?«, hörte Jack kurz darauf Logans Stimme. Er öffnete die Augen. Sein Freund stand über ihn gebeugt.

»Bin ich tot?«, fragte Jack.

Logan lachte auf. »Nein, aber fast. Zum Glück hat dich Mrs Carwinkle gerettet.«

»Gerettet?« Die Erleichterung, dass er nicht erschossen worden war, wich Empörung. »Na, vielen Dank auch. Die Alte hat auf mich geschossen!« Er rappelte sich auf.

»Die Alte hat auf das da geschossen«, sagte Mrs Carwinkle trocken und wies auf einen Ast, der ein paar Meter neben Jack auf dem Boden lag. Das eine Ende war von Schrot zerfetzt – und in dem Moment schlängelte sich

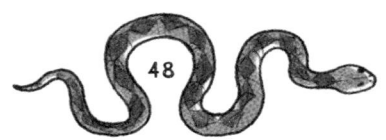

eine gescheckte Schlange rasch ins Unterholz zurück. Jack schluckte. »Eine Diamantklapperschlange.«

»Sie war genau über deinem Kopf«, erklärte Mrs Carwinkle knapp. »Hatte es sich dort oben wohl bequem gemacht. Und schätzte es gar nicht, dass ihr jemand auf die Pelle rückte.«

»Hätte unangenehm werden können«, merkte Logan an. »Mein Wassermokassinbiss ist gegen das Gift der Diamantklapperschlange wie ein Mückenstich.« Er reichte seinem Freund die Hand und zog ihn auf die Füße.

»Danke«, sagte Jack zu Mrs Carwinkle.

»Keine Ursache«, erwiderte die alte Dame. »Kommt mit ins Haus und trinkt was auf den Schreck. Und dann ...«, ihr Blick verfinsterte sich, »... erzählt ihr mir, wieso ihr auf meinem Grund und Boden rumschleicht.«

Logan und Jack ließen sich auf dem alten Sofa im Wohnzimmer nieder. Sie waren das erste Mal im Haus von Mrs Carwinkle. Die alte Dame galt als wunderlich und versponnen, was dazu geführt hatte, dass sich die meisten Erwachsenen von ihr fernhielten und auch ihre Kinder dazu anhielten.

»Ganz schön abgefahren«, flüsterte Logan und ließ seinen Blick durch den Raum streifen.

Das Wohnzimmer war vollgestopft mit allem möglichen seltsamen Zeug: aus dünnen Metallstäben geformte Pyramiden, Dutzende Edelsteine in verschiedenen Größen – Prunkstück war ein hühnereigroßer Bernstein, in dem eine Libelle eingeschlossen war – und es gab sogar eine alte Wanduhr, deren langes Pendel mit lautem Ticktack hin- und

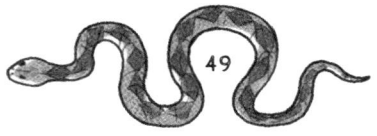

49

herschwang. Ein kleiner beleuchteter Brunnen plätscherte leise vor sich hin und auf dem niedrigen Glastisch vor dem Sofa lag neben einem Stapel Karten und einer angebrochenen Packung Kekse noch eine melonengroße Glaskugel.

»Damit sieht sie das Schicksal ihrer Kunden«, flüsterte Logan. Mrs Carwinkle verdiente ihren Unterhalt nämlich damit, Leuten die Zukunft vorauszusagen, ihnen die Karten zu legen oder einen Kontakt mit ihren Verstorbenen im Jenseits herzustellen. Manche Bewohner der Everglades behaupteten hinter vorgehaltener Hand sogar, Mrs Carwinkle wäre in Wirklichkeit eine Hexe.

»Hier ist eure Brause«, sagte die alte Dame und kehrte aus der angrenzenden Küche zurück. Sie stellte das Tablett mit den Gläsern auf den Tisch und schob ihren Gästen die angebrochene Kekspackung entgegen. »Und etwas zu knabbern, wenn ihr mögt.«

»Danke.« Logan griff nach dem Glas. »Ich hab einen Riesendurst.« Er leerte es in einem Zug.

Jack war vorsichtiger und roch erst einmal an der grünen Flüssigkeit. »Ist das Ingwer?«

Mrs Carwinkle nickte. »Und ein paar Kräuter. Meine eigene Mischung. Für ganz spezielle Freunde.«

»Schmeckt prima«, sagte Logan und stellte das Glas zurück auf den Tisch. Er nahm einen Keks und stopfte ihn in seinen Mund. »Also ... ich verstehe sehr gut, dass Sie wissen wollen, wieso wir auf Ihrem Grundstück rumschleichen«, schmatzte er mit vollem Mund. Einige Krümel flogen auf den Tisch. »Die Sache ist die: Wir würden gerne noch mal mit Ihnen über den unheimlichen Besucher sprechen, den Sie im Gebüsch gesehen haben wollen.«

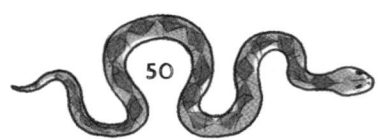

»Ich will ihn nicht gesehen haben, ich habe ihn gesehen«, erwiderte Mrs Carwinkle scharf.

Jack nickte. »Und wir glauben Ihnen.«

»Ach ja?« Mrs Carwinkle warf ihm einen überraschten Blick zu. »Bei der Mum deines Freundes hatte ich eher den Eindruck, sie würde mich für ein bisschen plemplem halten. Vielleicht weil sie nicht mag, was ich so mache.«

»Meine Mum findet Sie seltsam, okay«, gab Logan zu. »Aber damit ist sie nicht allein. Und das ist ja nun auch wirklich kein Geheimnis.« Er langte nach der Packung und zog einen weiteren Keks heraus.

»Sie würde sich wundern, wer alles meinen Rat in Anspruch nimmt«, erwiderte Mrs Carwinkle mit stolzer Stimme. »Viele angesehene Bürger sind darunter. Und manche kommen sogar aus Miami oder von noch weiter her.« Sie senkte den Blick. »Natürlich trauen sich nicht alle durch die Vordertür herein. Und manche kommen auch erst, wenn es dunkel ist – um nicht gesehen zu werden.«

»Könnte nicht einer von ihnen im Busch gewesen sein?«, fragte Jack. »Ein Kunde, der sich nicht herangetraut hat. Oder ein Angehöriger, der Ihnen Angst einjagen wollte?«

Mrs Carwinkle lehnte sich vor. Die Ketten um ihren Hals klimperten. »Glaubt ihr etwa, ich hätte diese Möglichkeiten nicht schon längst in Betracht gezogen? Ich lebe seit über vierzig Jahren hier im Sumpf und kenne jedes Geräusch. Was mich angestarrt hat, war weder Mensch noch Tier.«

»Sondern ein Wendigo«, sagte Logan geduldig. »Sie verstehen aber schon, dass das schwer zu glauben ist.«

»Nicht, wenn man die Augen öffnet für die wahren Zu-

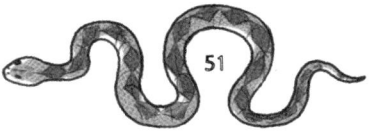

sammenhänge der Natur«, orakelte die alte Dame und faltete die Hände mit langen, lila lackierten Fingernägeln vor ihrem Bauch. »Der Wendigo ist nur die erste der Bedrohungen, die wir noch zu erwarten haben. Ein Bote, der von den Schrecken kündet, die noch kommen. Und die sich gegen den Menschen richten. Seit die Everglades besiedelt werden, wird die Natur zurückgedrängt. Aber irgendwann ist Schluss. Und die Natur rächt sich für die Schmerzen, die ihr die Menschen zugefügt haben.«

»Indem sie einen Wendigo schickt?«, fragte Jack skeptisch.

»Ich sagte doch gerade, dass er nur der Bote ist«, erwiderte Mrs Carwinkle. »Er warnt die Menschen vor der drohenden Gefahr. Und die Gefahr geht von den Tieren selber aus. Wenn sie sich in die Ecke gedrängt fühlen und keinen anderen Ausweg mehr sehen, beginnen sie zu wachsen ... werden immer größer und immer aggressiver. Sie greifen die Menschen an und stürmen ihre Behausungen. Geben keine Ruhe, bis die Eindringlinge vertrieben sind. Und dann ...« Mrs Carwinkle machte eine Pause, in der nur das Ticken der alten Standuhr zu hören war. »Dann«, fuhr sie mit geheimnisvoller Stimme fort, »erobern sie sich die Wildnis zurück. Und die Everglades werden wieder zu dem, was sie waren, bevor der Mensch sich in ihnen niederließ: ein wilder Ort, an dem der Mensch keinen Platz mehr hat. Wer sich trotzdem hineintraut, wird einen grauenvollen Tod sterben.«

Mrs Carwinkle starrte die beiden Jungen an. Und eine beklemmende Stille breitete sich im Raum aus.

KRKCH!

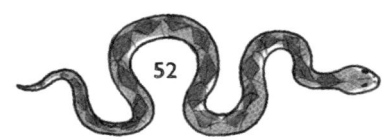

Jack zuckte zu-
sammen. »Das kam
von draußen!«

»Was war das?«, fragte Logan.

»Na, was wohl«, sagte Mrs Carwinkle mit
einer gewissen Genugtuung. »Der Wendigo ist zurück.«

Vorsichtig schlichen sie zur Haustür. Von draußen waren lautes Schnaufen und ein schlurfendes Geräusch zu hören.

»Genau das habe ich auch in der Nacht gehört, als Rudi verschwand«, flüsterte Mrs Carwinkle.

»Was kann das sein?«, fragte Jack.

Logan legte das Ohr an die Tür. »Hört sich an, als würde etwas Schweres über den Boden gezogen.«

»Es ist der Wendigo«, sagte Mrs Carwinkle und öffnete die Tür zur Kammer unter der Treppe. »Und diesmal verfehle ich ihn nicht.« Sie nahm die Flinte heraus und lud sie durch. Dann legte sie auf die Haustür an. »Zur Seite, Jungs.«

Logan starrte sie entsetzt an. »Sie können doch nicht auf etwas schießen, von dem Sie nicht mal wissen, was es ist!«

»Ich weiß ja, was es ist«, erwiderte Mrs Carwinkle.

»Aber wir sollten sicher sein«, meinte Jack. »Kann ja sein, dass sich jemand einen Scherz erlaubt. Und Sie wollen doch nicht auf einen Menschen schießen, oder?«

Das Schlurfen wurde lauter. Gefolgt von einem Gluckern. Dann schlug etwas gegen die Tür. Mit voller Wucht!

»Wer sollte sich denn bitte schön solche Scherze erlauben?«, fragte Mrs Carwinkle. »Und solche Geräusche machen?« Sie schüttelte den Kopf. *»Das ist weder Mensch noch Tier, das ist ein Wendigo!«,* tönte sie erneut.

»Ma'am!«, rief Jack aus. »Das ergibt doch gar keinen Sinn! Wenn es wirklich ein Wendigo ist, wieso hat er dann erst schüchtern aus dem Gebüsch geglotzt und hämmert jetzt mit Schmackes gegen die Tür? Wäre das nicht ... äh ... absolut wendigountypisch?«

Mrs Carwinkle schnaubte beleidigt. »Was schlägst du vor?«

»Wir sehen nach«, sagte Jack. »Ich öffne die Tür und knall sie gleich wieder zu. Was auch immer da draußen ist, wird nicht damit rechnen. Außerdem ...« Er zeigte zum Fenster im Raum nebenan. Es stand offen. »Wenn jemand – oder etwas – wirklich reinwollte, warum nicht durchs Fenster?« Er sah Mrs Carwinkle eindringlich an. »Da erlaubt sich jemand einen blöden Scherz, Ma'am. Und vermutlich ist es derselbe, der Sie vom Kiefernwald aus erschreckt hat. Wenn Sie den jetzt über den Haufen schießen, kommen Sie ins Gefängnis. Für Jahre! Und Sie sind ja auch nicht mehr die Jüngste ...«

»Jetzt werd mal nicht frech, Kleiner«, ermahnte ihn Mrs Carwinkle. »Aber gut ...«, sie holte tief Luft, »... vermutlich hast du recht. Ich halte das Gewehr im Anschlag, du öffnest die Tür. Wenn es ein Wendigo ist, springst du zur Seite und ich knall ihn ab. Alles klar?«

»Alles klar.« Jack legte die Hand auf den Türgriff. Mrs Carwinkle legte das Gewehr an. Jack drückte den Griff herunter.

Er öffnete die Tür, bis sie einen Spaltbreit offen stand, und sah hinaus. Die Veranda war leer, aber eine breite Schlammspur zeugte davon, dass dort eben noch etwas – oder jemand? – gehockt hatte.

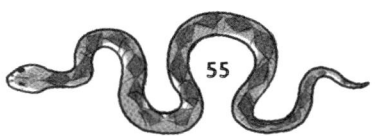

Jack zog die Tür weiter auf, um den Rest der Veranda in Augenschein nehmen zu können. Doch auch dort war nichts zu sehen. Die breite Schlammspur führte die Treppe hinunter Richtung Sumpf. Irgendetwas, wohl doch ein größeres Tier, war aus dem Sumpf gekommen und zur Tür gekrochen.

Aber wo war es jetzt?

Jack zog die Tür weiter auf. »Da ist nur eine Schlammspur.« Er trat auf die Veranda raus. Im selben Augenblick fuhr ein fauchender Teufel von der linken Seite heran und schnappte nach ihm.

KLAPP!

Geistesgegenwärtig sprang Jack zurück ins Haus und warf die Tür ins Schloss. Nur eine Sekunde später wuchtete sich von außen ein schwerer Körper dagegen und ließ das Holz erzittern.

»Der Wendigo!«, schrie Mrs Carwinkle und hob das Gewehr.

»Das ist kein Wendigo!«, rief Jack. »Das ist ein …«

WAMM, krachte es erneut gegen die Tür. Die Scharniere splitterten.

»… Alligator«, beendete Jack den Satz.

»Ein Alligator?«, rief Logan entsetzt.

»Er hatte auf der anderen Seite der Veranda gelauert«, sagte Jack mit wackliger Stimme. »Und als ich rausging …«

»Unmöglich«, unterbrach ihn Logan. »Ein Alligator kommt nicht zum Haus und wirft sich gegen die Tür. Das ist völlig unmöglich!«

WAMM, krachte es erneut gegen die Tür. Die Schrauben

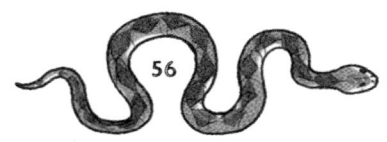

des oberen Scharniers flogen heraus und hüpften über den Holzfußboden.

»Ich knall ihn ab!«, rief Mrs Carwinkle und stapfte Richtung Tür.

»Das tun Sie nicht«, erwiderte Logan und stellte sich ihr in den Weg.

»Das ist mein Haus, mein Grund und Boden und mein Gewehr«, zischte Mrs Carwinkle böse. »Und es ist mein gutes Recht, Eindringlinge zu vertreiben. Egal ob Wendigo, Mensch oder Tier.«

»Ihr Haus steht im Nationalpark und der ist Schutzgebiet«, widersprach Logan. »Hier gelten andere Regeln, Ma'am. Sie dürfen ein Tier nur im Notfall erschießen.«

»Und das hier ist kein Notfall?«, giftete die alte Dame zurück. »Das Tier versucht, in mein Haus einzudringen!«

»Wir rufen meine Ma.« Logan zog sein Smartphone aus der Tasche. »Mit dem Propellerboot ist sie in fünfzehn Minuten hier. So lange werden wir uns ja wohl verteidigen können.« Er kräuselte die Stirn. »Mist, kein Empfang.«

Jack warf einen Blick aufs Display seines Geräts. »Bei mir auch nicht.«

»Haben Sie einen Festnetzanschluss?«, fragte Logan Mrs Carwinkle.

Die alte Dame hob die Brauen. »Einen was?«

»Ein Telefon«, sagte Logan. »Oder ein Funkgerät. Irgendwas, um damit meine Ma zu erreichen.«

»Ich könnte Kontakt mit dem Geisterreich aufnehmen«, schlug Mrs Carwinkle vor.

WAMM! Erneut rammte etwas gegen die Tür. Diesmal

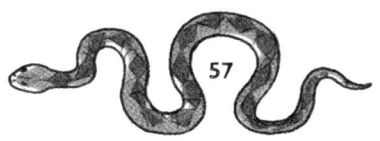

wurden die Scharniere komplett herausgerissen und flogen auf den Boden.

»Der macht Kleinholz aus der Tür!«, rief Jack entsetzt aus.

»Unmöglich«, widersprach Logan. »So benimmt sich doch kein Alligator!«

»Weil es kein normaler Alligator ist.« Mrs Carwinkles Stimme nahm einen geheimnisvollen Klang an. »Sondern die Rache der Natur.«

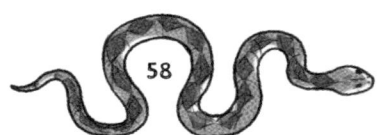

Zwei Stunden harrten Jack, Logan und Mrs Carwinkle aus. Der Alligator hatte zwar aufgehört, sich gegen die Tür zu werfen. Aber als Logan einmal durch das gesplitterte Holz lugte, konnte er den großen geschuppten Leib des Reptils auf der Veranda erkennen. Als würde der Alligator darauf warten, dass sie herauskamen.

Schließlich näherte sich das Geräusch eines Motors, und als Logan den Blick aus dem Fenster Richtung Süden richtete, sah er – ein Propellerboot. Mit großer Geschwindigkeit fuhr es in ihre Richtung.

Logan grinste breit. »Das ist meine Mum!«, rief er und beobachtete, wie das Boot nur wenige Meter vom Haus entfernt stoppte. »Vorsicht!«, brüllte er seiner Mum und Basil zu. »Ein Alligator belagert das Haus und schnappt nach allem, was sich bewegt!«

Sarah reagierte sofort: Sie griff nach einem Betäubungsgewehr, Basil nach einem echten. Dann pirschten sie sich ans Haus heran. Aber als sie zur Veranda kamen, war der Alligator fort. Offenbar hatte sich das Reptil aus dem Staub gemacht, als es den Lärm des Propellerboots gehört hatte. Das Tier schien instinktiv zu spüren, dass es keine Chance mehr hatte. Trotzdem suchte Basil die nähere Umgebung ab.

Erleichtert stürzte das Trio Sarah entgegen. Alle waren heilfroh, dass nichts passiert war. Trotzdem nahm Sarah ihren Sohn und dessen Freund ins Gebet.

»Ich hatte euch doch verboten, auf eigene Faust loszuziehen«, sagte sie streng.

»Wir wollten dir nur helfen«, erwiderte Logan. »Und checken, ob es einen Zusammenhang zwischen dem aggressiven Verhalten und der ungewöhnlichen Größe der Tiere gibt.«

»Mrs Carwinkle glaubt, dass sich die Natur an den Menschen rächt und die Tiere deshalb so groß werden«, warf Jack ein.

Sarah schüttelte den Kopf. »Tut mir leid, aber das ist Unfug. Es mag ja sein, dass es hin und wieder ungewöhnlich große Einzeltiere in einer Population gibt. Aber mit Rache hat das nichts zu tun. Und ohne Grund beginnen Tiere auch nicht einfach zu wachsen. So funktioniert die Natur nicht.«

»Wenn Sie sich da mal nicht irren«, sagte Mrs Carwinkle mit erhobenem Haupt. »Die Natur ist viel komplexer, als ihr Schlaumeier denkt. Und Sie sind erst seit ein paar Jahren hier, Sarah. Ich lebe seit vier Jahrzehnten im Sumpf. Ich weiß genau, wie die Natur denkt.«

»Die Natur denkt nicht«, erwiderte Sarah trocken. »Und wer im Wald lebt, versteht nicht automatisch seine Funktionsweise. Ganz im Gegenteil: Manchmal sieht man den Wald vor lauter Bäumen nicht. Genau das scheint mir hier der Fall zu sein.«

»Dann war der Alligator wohl nur eine Einbildung, was?« Mrs Carwinkle kreuzte die Arme vor der Brust.

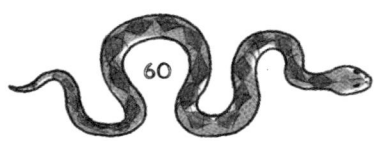

»Er war wirklich riesig, Mum«, beteuerte Logan. »Und er hätte fast die Tür aufgebrochen.«

»Alligatoren werden groß«, bestätigte Sarah. »Und wenn man Angst hat, erscheinen sie möglicherweise noch größer, als sie in Wahrheit sind. Allerdings ...« Nachdenklich betrachtete sie die kaputte Tür. »Dass ein Alligator versucht, in ein Haus einzudringen, ist tatsächlich ungewöhnlich.«

»Nichts gefunden«, sagte Basil und kam auf die Veranda. »Die Spuren führen zurück in den Sumpf und verlieren sich dort. Kein Alligator mehr weit und breit.«

»Weil die Natur ihm hilft«, tönte Mrs Carwinkle bedeutungsvoll und ging zu Sarah. »Sie sind zu selbstsicher, Mrs Davis, das ist Ihr Fehler. *Hochmut kommt vor dem Fall,* sagt der Volksmund. Und Ihr Fall wird unausweichlich sein, wenn Sie weiterhin ignorieren, was hier vor sich geht. Sagen Sie nicht, ich hätte Sie nicht gewarnt!«

Obwohl Sarah Mrs Carwinkles Belehrungen ziemlich anmaßend fand, blieb sie professionell. Sie händigte der alten Dame ein Funkgerät aus und zeigte ihr, wie es funktionierte – für den Fall, dass der Alligator zurückkommen sollte und die Rangerstation angefunkt werden musste. Danach fuhren Sarah, Basil, Logan und Jack zurück nach Devils Horn.

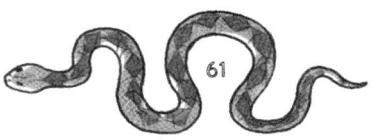

Als sie die Propellerboote abgestellt hatten und Richtung Station gingen, fragte Logan: »Woher wusstet ihr eigentlich, dass Jack und ich bei Mrs Carwinkle waren und in Schwierigkeiten steckten?«

»Das habt ihr wohl eurem Schutzengel zu verdanken«, erwiderte Sarah lächelnd. Logan und Jack wechselten einen fragenden Blick.

»Oder besser gesagt, diesem Mädchen«, fuhr Sarah fort und öffnete die Tür zum Haupthaus. Als Jack und Logan hineingingen, traf sie fast der Schlag. Vor ihnen stand Charlotte Pryser.

»Okay, und jetzt mal Klartext«, verlangte Logan, als er, Jack und Charlotte sich ins Labor der Station zurückgezogen hatten, wo die beiden Jungen einen eigenen Platz für Experimente hatten. »Woher wusstest du, dass wir bei Mrs Carwinkle waren? Und wieso hast du meine Mum alarmiert?«

»Ihr müsst euch nicht bedanken, ich habe euch doch gerne geholfen«, erwiderte Charlotte mit finsterem Blick.

»Willst du mich veräppeln?«, fragte Logan und machte einen Schritt auf sie zu. Charlotte hob kämpferisch das Kinn.

»Sagt mal, geht's noch?«, ging Jack dazwischen und sah seinen Freund genervt an. »Was regst du dich denn eigentlich so auf?«

Logan zeigte mit dem Finger auf Charlotte. »Die verfolgt uns. Und ich will wissen, warum.«

»*Ich* rede jetzt«, sagte Jack und während er weiter darauf achtete, Logan auf Abstand zu Charlotte zu halten, wandte

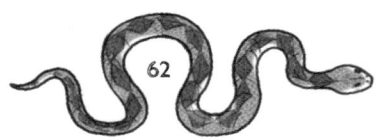

er sich zu ihr um. »Ich bin dir ehrlich dankbar. Wenn Mrs Carwinkle in dieser Situation einen Herzinfarkt oder so bekommen hätte, wären wir aufgeschmissen gewesen.«

Charlotte nickte knapp und entspannte sich ein wenig.

»Und woher wusstest du jetzt, dass wir bei Mrs Carwinkle waren?«, fragte Logan.

»Ich bin euch gefolgt«, antwortete Charlotte gelassen. »Und als der Alligator aus dem Busch kam, bin ich zur Station gerannt und habe Mrs Davis Bescheid gegeben.«

»Du bist zu Fuß zur Station gerannt?«, fragte Jack ungläubig.

Charlotte nickte.

»Aber wir sind mit dem Propellerboot zu Mrs Carwinkles Haus gefahren ...« Logan sah sie verblüfft an. »Wie bist du uns denn gefolgt?« Charlotte antwortete nicht, sondern biss sich stattdessen auf die Lippe.

»Die Ausrüstungskiste.« Jack hob eine Augenbraue. »Stimmt's?«

Charlotte nickte.

»Du hast dich in der Ausrüstungskiste versteckt und bist einfach mitgefahren?« Logan war fassungslos. »Tickst du nicht mehr richtig?«

»Mich interessiert noch was ganz anderes«, sagte Jack. »Habe ich das richtig verstanden ... Du bist losgelaufen und hast Hilfe geholt, noch bevor ich die Tür geöffnet hatte?«

Charlotte nickte ernst.

»Aber du konntest doch gar nicht wissen, was der Alligator vorhat«, wunderte sich Jack.

»Ich habe es gespürt«, erwiderte sie.

Logan verzog angewidert das Gesicht. »Gespürt?«

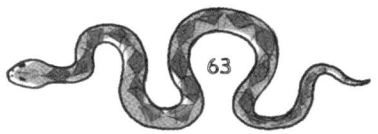

»Abgesehen davon hatte ich einige von diesen Horrorstorys gehört«, fuhr Charlotte fort. »Von aggressiven Riesenviechern und so.«

»Glaubst du, an den Geschichten ist was dran?«, fragte Jack.

»Ich glaube, es gibt hier ein Problem«, erwiderte Charlotte. »Und wenn es nicht bald gelöst wird, drehen die Leute durch.«

»Was würdest du denn jetzt ...«, setzte Jack an, aber Logan ging dazwischen.

»Moooment mal.« Er sah Jack vorwurfsvoll an. »Was soll das? Sie hat meine Mum geholt, okay, cool. Danke schön. Aber jetzt kann sie wieder gehen.«

»Sie hat das Verhalten des Alligators richtig eingeschätzt«, erwiderte Jack. »So etwas könnte nützlich sein.«

Logan zog die Stirn kraus. »Wobei?«

»Bei unseren Nachforschungen«, sagte Jack. »Wir wollen doch wissen, was mit den Tieren nicht stimmt, oder?«

Logan packte Jack am Arm.

»Komm mal mit.« Er zerrte seinen Freund in eine Ecke des Raums, wo hinter einem Vorhang ein Tisch mit einem Mikroskop stand. »Was ist denn los mit dir?«, flüsterte er. »Du rennst sonst doch auch nicht rum und bettelst die Leute um Hilfe an. Wieso ausgerechnet *die?* Die benimmt sich doch total komisch. Ich meine, wir wissen rein gar nichts über die. Taucht plötzlich in der Stadt auf, mischt sich in Dinge ein, die sie nichts angehen – und du findest das auch noch cool.« Er stutzte. »Hast du dich etwa in sie verknallt?«

Jack wich empört zurück. »Spinnst du? Ich kenn die doch gar nicht!«

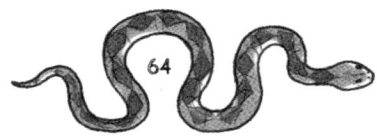

»Eben. Meine Worte«, erwiderte Logan. »Wir wissen nichts über sie.«

»Dann fragen wir sie halt«, schlug Jack vor. »Geben wir ihr eine Chance. Immerhin hat sie uns den Hintern gerettet. Ich finde, sie hat ein Recht darauf.«

»Auf unsere Hintern?«

»Auf eine Chance!«

Logan seufzte. »Also gut. Wir haken noch mal genauer nach. Dann sehen wir weiter. Aber wenn sie Mist erzählt oder uns anlügt, war's das. Okay?«

»Abgemacht.« Jack drehte sich um und zog den Vorhang zur Seite.

»Hey, Charlotte«, rief er. »Woher kommst du eigent...« Er verstummte. Das Labor war leer.

Jack und Logan stürmten nach draußen. Charlotte war bereits auf dem Weg zum Ausgang, als von rechts ein Schatten auf sie zugerast kam.

»Vorsicht!«, brüllte Logan.

Charlotte drehte den Kopf zur Seite. Doch es war zu spät: Der Waschbär sprang bereits vom Boden ab und klammerte sich an Charlottes Bein fest. Von dort aus hetzte er in Windeseile hoch zu ihrem Kopf.

»Wir müssen ihr helfen!«, rief Logan hektisch. »Sonst bringt Sam sie noch um!«

Sie rannten los. Charlotte schien mit dem Fellknäuel in ihrem Gesicht einen heftigen Kampf auszutragen. Aber als Jack und Logan sie erreichten, hörten sie ein helles Kichern.

»Nein, lass das, hör auf«, gluckste Charlotte. Waschbär

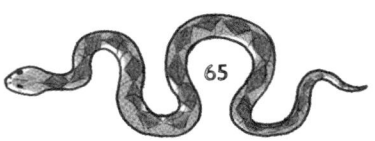

Sam hielt ihren Kopf zwischen seinen Pfoten fest und leckte ihr das Gesicht ab.

»Das gibt's doch nicht«, entfuhr es Logan, während Jack nur sprachlos dastand und ungläubig den Kopf schüttelte.

Charlotte warf den beiden Jungen einen raschen Blick zu. Und zum ersten Mal, seit sie das Mädchen kennengelernt hatten, lächelte es.

Sams Schmuseattacke auf Charlotte hatte das Eis gebrochen. Dem Mädchen haftete etwas Besonderes an und Jack und Logan wollten mehr darüber erfahren. Also führten sie Charlotte über das Gelände der Rangerstation, zeigten ihr alles – und horchten sie ganz nebenbei aus.

»Ich bin erst vor ein paar Wochen in die Everglades gekommen«, berichtete sie. »Im Moment wohne ich bei einer Pflegefamilie in Homestead, den Durbridges in der Harding Lane.«

»Was machst du denn da?«, fragte Logan.

Charlotte sah ihn verwundert an. »Ich lebe da.«

»Ja, aber warum?«, wollte Logan wissen. »Wieso wohnst du nicht bei deinen Eltern?«

Charlotte schluckte. »Meine Eltern sind tot. Bei einem Unfall gestorben. Als ich noch ganz klein war.«

Logans Gesicht wurde schlagartig ernst. »Sorry, das wusste ich nicht.«

»Woher auch?« Charlotte zuckte mit den Achseln.

»Und was ist mit Verwandten?«, fragte Jack.

»Ich habe eine Tante in Philadelphia«, antwortete Charlotte. »Und einen Onkel in L. A. Aber die hatten sich mit meiner Mum schon vor meiner Geburt so gezofft, dass sie kein Wort mehr miteinander gewechselt haben. Ich kenne sie nur aus Erzählungen, persönlich habe ich die nie getroffen. Und die Familie von meinem Dad ...« Sie zuckte mit den Achseln. »Er hat nie viel über sie geredet. Auch nicht, wenn ich nachgefragt habe. Ich hatte immer das Gefühl, dass ihm das nicht recht ist. Deshalb habe ich irgendwann damit aufgehört.«

»Wie sind sie denn gestorben?«, fragte Logan. »Ich meine, was war das für ein Unfall?«

Jack warf ihm einen vorwurfsvollen Blick zu. »Mann, das kann man aber echt ein bisschen netter fragen!« Er sah wieder zu Charlotte. »Du musst entschuldigen, Logan ist hier auf der Rangerstation aufgewachsen. Macht seit Jahren nichts anderes als Ställe ausmisten. Das färbt irgendwann ab.«

»Ach ja? Wer hat sich denn damals die Finger danach geleckt, mir beim Ausmisten zu helfen?«, erwiderte Logan. »Wer hat denn gebettelt und gefleht: *Bitte lass mich das vollgeschissene Seekuhbecken putzen. Ich liebe Seekuhdung. Er riecht so köstlich. So wunderbar.*«

Charlotte lachte. »Ihr seid ziemlich gute Freunde, was?«

»Hin und wieder«, gab Jack launig zurück.

»Ganz genau«, bestätigte Logan. »Also ... Was war denn jetzt mit deinen Eltern?«

Charlotte wurde wieder ernst.

»Sie hatten einen Autounfall«, antwortete sie leise. »Sie waren sofort tot.«

»Das ist ja schrecklich«, sagte Logan. »Tut mir echt leid.« Jack nickte.

Charlotte zuckte mit den Schultern. »Ist ja schon eine Weile her. Ich hab mich damit abgefunden.«

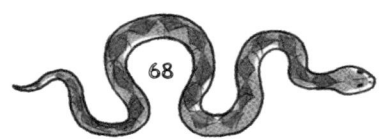

»Und wieso kommst du dann erst jetzt zu den Dur-bridges?«, fragte Logan.

»Ich war vorher schon in anderen Pflegefamilien«, erwiderte Charlotte. »Aber das hat nicht geklappt. Die meinten, ich wäre schwierig. Und komisch.« Sie rollte genervt mit den Augen. »Nur weil ich denen nicht sofort um den Hals gefallen bin und *Mum* und *Dad* gesagt habe. Als wär das so einfach.«

»Kann ich gut verstehen«, sagte Logan. »Nachdem Dad uns verlassen hatte, hat meine Mum manchmal einen Kerl mit nach Hause gebracht. Die machten dann immer gleich einen auf cool und nannten mich *Kumpel* und so. Voll ätzend.«

»Und was ist mit dir?«, fragte Charlotte Jack.

»Mit mir?«, gab Jack überrascht zurück. »Also meine Familie ist ganz okay.«

Kurz darauf zeigten die Jungs Charlotte die verschiedenen Bereiche auf *Wild Claws*.

Sie war ziemlich beeindruckt von der Rangerstation mit ihren vielen Gehegen. »Ist das nicht total viel Arbeit, sich um alle Tiere zu kümmern?«, fragte sie, als sie die Außenanlagen mit den Ottern und Gürteltieren passierten.

Logan nickte. »Das kann man wohl sagen.«

»Und das macht deine Mum alles allein?«, fragte Charlotte ungläubig. »Nur mit der Hilfe von zwei Wildhütern?«

»Vormittags kommen immer ein paar Studenten und helfen mit«, erwiderte Logan. »Außerdem sind oft irgendwel-

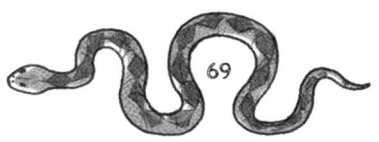

che Wissenschaftler zu Besuch, die wohnen dann hinten im Gästehaus und packen auch mit an. Und dann gibt's ja noch uns.« Er klopfte Jack auf die Schulter. Und machte nebenbei noch eine Mücke platt. »Wir können hier quasi alles machen. Sogar Sachen, die die Studenten nicht dürfen, wie zum Beispiel Spritzen setzen.«

»Und das ist manchmal gar nicht so einfach«, sagte Jack. »Besonders, wenn die Viecher Zähne haben, wie Alligatoren, Schlangen oder Pumas.«

»Hier gibt's Pumas?«, fragte Charlotte überrascht.

»Sie gehören zu den bedrohten Tierarten, die fast nur noch hier im Schutzgebiet vorkommen«, erklärte Logan. »Viele Exemplare gibt es leider nicht mehr.«

»Verstehe«, Charlotte nickte nachdenklich. »Muss ganz schön cool sein, auf einer Tierstation groß zu werden.«

»Ist es auch«, sagte Logan. »Aber jetzt noch mal wegen vorhin. Was genau willst du denn nun eigentlich von uns?«

»Ich will euch helfen.«

»Wobei?«

»Herauszufinden, was mit den Tieren hier in der Gegend nicht stimmt.«

»Und wie stellst du dir das vor?«, fragte Logan. »Hast du überhaupt Ahnung von Tieren?«

»Ich kann gut beobachten«, erwiderte Charlotte. »Sehr gut sogar.«

»Das können wir auch«, sagte Logan und warf Jack einen raschen Blick zu. »Das ist nichts Besonderes.«

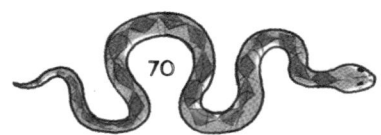

70

»Das glaube ich aber doch«, widersprach Charlotte. »Ich habe zum Beispiel gehört, wie du deiner Mum erzählt hast, der Alligator bei Mrs Carwinkle sei riesig gewesen.«

Logan nickte. »Das war er ja auch. Ich stand ihm schließlich genau gegenüber!«

»Und aus dieser Perspektive wirkte er vermutlich auch riesig«, pflichtete Charlotte ihm bei. »Aber aus einem anderen Blickwinkel war er lediglich groß.«

»Du meinst wohl aus deinem Blickwinkel«, sagte Jack.

Charlotte nickte.

»Und was genau ist der Unterschied zwischen riesig und groß?«, fragte Logan und kreuzte die Arme vor der Brust.

»Na ja, ›riesig‹ klingt so unnatürlich ...«, erklärte Charlotte. »Riesig sollen ja auch die Tiere gewesen sein, die einige Bewohner der Everglades gesehen haben. Deshalb die wilden Gerüchte.«

»Ich kapier nicht, worauf du rauswillst«, sagte Logan schon wieder leicht gereizt.

»Es ist ganz simpel«, erwiderte Charlotte gelassen. »Falls es eben doch bloß eine Frage der Wahrnehmung war, handelt es sich einfach nur um sehr große Tiere. Der Alligator am Haus der alten Dame war zum Beispiel groß, aber nicht übernatürlich riesig.«

»Du vergisst, dass die Tiere auch extrem aggressiv sind«, gab Jack zu bedenken. »Ein Verhalten wie das von diesem Alligator ist alles andere als normal. Und das trifft auch auf andere Tiere zu.«

»Ja, schon, aber das kann doch viele Ursachen haben«, erwiderte Charlotte. »Falsche Nahrung, Krankheit, eine Vergiftung.«

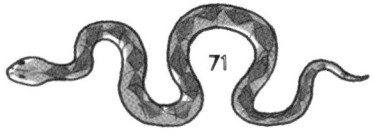

Jack knetete sein Kinn. »Du findest also, das alles hat nichts mit Wendigos oder sonstigen übernatürlichen Phänomenen zu tun, stimmt's?«

Charlotte nickte.

Jack drehte sich zu Logan. »Klingt vernünftig.«

»Und wenn schon«, winkte der ab. »Ich hab keinen Schimmer, wie uns das weiterhelfen soll.«

»Aber ich«, sagte Charlotte. »Wir recherchieren und suchen nach Präzendenzfällen.«

Logan verzog das Gesicht. »Wir tun was?«

»Wir finden heraus, ob es woanders vergleichbare Fälle wie hier gegeben hat«, erklärte sie. »Und welche Ursachen für deren Verhalten gefunden wurden. Dann prüfen wir, ob sich bei den Tieren hier Ähnliches beobachten lässt, und *schwups,* Fall gelöst.«

»Du sprichst dauernd von *wir*«, wunderte sich Logan. »Meinst du damit etwa auch dich?«

»Jetzt komm schon«, sagte Jack. »Sie hat die Zeugenaussagen unter die Lupe genommen. Sie hat einen Plan ... also lass sie doch.«

Logan knurrte widerstrebend. »Aber maximal so was wie eine Probezeit. Mehr ist nicht drin.«

Jack sah schulterzuckend zu Charlotte. »Wärst du damit einverstanden?«

Sie nickte.

»Also okay, lass es uns versuchen.« Logan streckte die Hand aus. »Deal?«

Charlotte schlug ein. »Deal.«

Jack grinste. »Dann an die Arbeit. Wir haben jede Menge zu tun.«

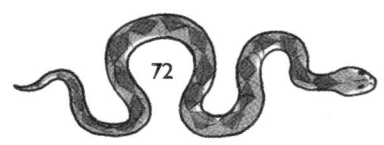

Die Tür zum Labor wurde geöffnet und Sarah steckte den Kopf herein.

»Könntet ihr bitte die Flamingos beringen, ich müsste noch ...« Sie verstummte. Logan, Jack und Charlotte hockten an Laptop, PC und Handy und starrten konzentriert auf die Bildschirme.

»Was macht ihr denn da?«, fragte die Rangerin.

Niemand reagierte.

»Hallo?« Sarah klopfte gegen die Tür.

Logans Kopf fuhr herum. »Hi, Mum! Was gibt's?«

Sarah zog die Stirn kraus. »Äh, nichts weiter, aber ... Was tut ihr da?«

»Wir ...«, begann Logan und warf Jack am PC neben sich einen Hilfe suchenden Blick zu.

»Wir recherchieren«, vollendete der den Satz.

»Ja, genau«, sagte Logan und grinste breit. »Voll intensiv.«

»Was recherchiert ihr denn?«, fragte Sarah misstrauisch.

»Tja, also ...«, begann Logan.

»Wir recherchieren Dinge«, kam ihm Jack erneut zu Hilfe.

»Genau, Dinge«, bestätigte Logan. »Oder auch ... Sachen.«

Charlotte sah vom Laptop auf. »Wir recherchieren für ein Referat über die ökologischen Zusammenhänge in Naturschutzgebieten. Das müssen wir kommende Woche in Biologie bei Mr Wilson halten. Ist ziemlich anspruchsvoll. Aber auch sehr interessant. Da müssen wir uns echt ranhalten.« Sie lächelte freundlich.

Stille breitete sich im Labor aus.

»Na, wenn das so ist«, murmelte Sarah. »Dann mache ich euch mal ein paar Brote. Und gegen eine Limo habt ihr ja bestimmt auch nichts einzuwenden«, fügte sie lächelnd hinzu und verließ das Labor.

»Das war knapp«, stöhnte Logan auf.

Charlotte sah ihn erstaunt an. »Dürft ihr nicht recherchieren?«

»Doch, natürlich«, erwiderte Jack. »Sie ist wegen der ganzen Sache mit den durchgeknallten Raubtieren nur auch etwas nervös und will, dass wir uns da raushalten.«

»Nicht jedem hier gefällt, dass meine Mum im Schutzgebiet als Ranger arbeitet«, fügte Logan hinzu. »Deshalb ist sie vorsichtig und will nicht, dass irgendjemand etwas unternimmt, was sie nicht unter Kontrolle hat.«

»Lügen ist schlecht«, erwiderte Charlotte mit ernster Miene. »Es macht die Dinge kompliziert. Und früher oder später verplappert sich immer jemand und alles kommt heraus.«

Logan sah sie mit erhobener Augenbraue an. »Na, du weißt ja offensichtlich, wovon du sprichst«, sagte er trocken, als auch schon wieder die Tür geöffnet wurde und Basil hereinkam: in den Händen ein Tablett mit üppig belegten Wurst- und Käsesandwiches und drei Limos.

»Sarah schickt mich zur Fütterung der jungen Forscher.« Vergnügt stellte er das Tablett auf den OP-Tisch.

»Danke, Basil!« Hocherfreut stürzte sich Logan auf die Brote.

Basil lächelte. »Lasst's euch schmecken und viel Spaß bei eurer Recherche. Bis später.« Damit verließ er das Labor und schloss die Tür hinter sich.

Charlotte hatte in der Zwischenzeit aufmerksam das Display ihres Laptops studiert. »Ich hab hier was.«

Jack schnappte sich ein Sandwich und ging zu ihr. »Zeig mal.«

Charlotte hatte die Seite einer Tageszeitung geöffnet und scrollte den Inhalt herunter bis zu einem Bild, auf dem ein Mann mit kantigem Gesicht und dickem Schnurrbart zu sehen war. *Riesentiger tötet Rinder* lautete die Überschrift. Charlotte überflog den Artikel.

»Ein Tiger in Sibirien hat auf einigen Farmen gewildert und mehrere Rinder gerissen«, sagte sie und las vor: »*Nach den Aussagen der Bauern waren die Pfotenabdrücke ungewöhnlich groß. Einer von ihnen beobachtete den Tiger zudem in der Dämmerung. Auch ihm erschien das Tier viel größer als die Tiger, die sich normalerweise in der Gegend aufhalten. Als er versuchte, den Eindringling mit Schüssen aus seinem Gewehr zu vertreiben, zeigte das Tier keine Scheu, sondern ging direkt zum Angriff über. Der*

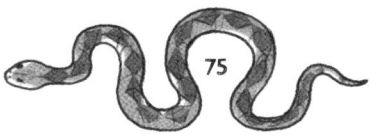

Bauer verbarrikadierte sich in seiner Hütte, wo ihn der Tiger noch stundenlang belagerte, bevor er schließlich wieder verschwand.«

»Großes Tier und aggressives Verhalten – genau wie bei uns.« Jack wies auf das Foto des Mannes mit dem Schnurrbart. »Ist das der Bauer?«

Charlotte schüttelte den Kopf. »Das ist ein Experte, den die örtlichen Behörden alarmierten. Er hat den Tiger gejagt, aber nicht erwischt. Und er hat ihn als Einziger bei Tageslicht gesehen. Nach seiner Aussage war das Tier mindestens einen Meter länger als das bis dahin bekannteste Exemplar.«

»Charles McRibbon«, las Jack die Bildunterschrift.

»Auf den bin ich hier auch grad gestoßen«, meldete sich Logan vom Computer. »Der hat in Indonesien einen riesengroßen Waran gejagt. Hier steht: *Nachdem der Waran ein spielendes Kind attackiert hatte, machte der Tierexperte Charles McRibbon Jagd auf die Echse. Er konnte den Waran erlegen und entnahm dem Kadaver eine Blutprobe, die er in einem Labor untersuchen ließ. Dabei wurde ein Gendefekt festgestellt, der möglicherweise für das ungewöhnliche Wachstum des Tiers verantwortlich war.«*

»Gib den Namen doch mal in irgendeine Suchmaschine ein«, schlug Jack vor.

Charlotte tat es. »Alter Schwede«, entfuhr es ihr, als sie die Anzahl an Einträgen sah. *»Gewaltiger Löwe in Kenia, Riesengrizzly in Kanada, abnorm großer Pavian in Saudi-Arabien.«*

»Scheint ja eine Menge Riesentiere zu geben«, murmelte Jack.

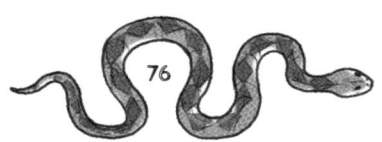

»Und immer ist dieser McRibbon zur Stelle und jagt nach ihnen«, fügte Charlotte nachdenklich hinzu.

»Hier ist ein Interview mit ihm«, sagte Logan. »Er hält *den Zusammenhang zwischen aggressivem Verhalten und abnormem Wachstum für eindeutig belegt,* heißt es da und er wird als Tier- und Umweltexperte bezeichnet.«

»Aber er tritt immer nur in Verbindung mit Artikeln aus der Zeitung auf«, schränkte Jack ein, während Charlotte die Links runterscrollte. »Offenbar arbeitet er für kein Institut. Und Fachartikel hat er auch nicht veröffentlicht.« Er hob den Kopf und sah zu Logan: »Ist das für einen Tier- und Umweltexperten nicht ungewöhnlich?«

»Meine Mum schreibt dauernd Artikel«, erwiderte Logan. »Das wird so von ihr erwartet.«

»Hier ist noch ein Zitat von McRibbon«, sagte Charlotte. *»Selbst wenn letzten Endes tatsächlich die Gene für das Wachstum der Tiere verantwortlich sind, stellt sich doch die Frage, wieso sie sich überhaupt verändern. Die Ursachen liegen im Dunkeln. Auf meinen Reisen habe ich dazu viele Meinungen gehört. Und es fällt auf, dass eine immer wieder geäußert wird: dass sich die Natur den respektlosen Umgang des Menschen nicht mehr gefallen lässt.«*

Jack runzelte die Stirn. »Das heißt dann ja wohl im Klartext: Die Natur schlägt zurück.«

»Genau das hat auch Mrs Carwinkle behauptet«, fügte Logan hinzu.

»Aber ausgerechnet bei Mrs Carwinkle bin ich mir absolut nicht so sicher, ob es wirklich die Natur war, die sie nachts so böse angefunkelt hat«, sagte Jack.

»Wie meinst du das?«, fragte Logan.

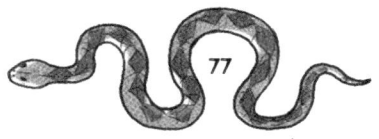

»Wir haben doch die Stelle am Baum untersucht, wo angeblich das Auge aufgeblitzt ist. Mir ist da etwas aufgefallen.« Jack wechselte auf seinem Smartphone in den Fotomodus. Logan und Charlotte kamen zu ihm und schauten ebenfalls aufs Display. Jack suchte das Bild heraus, das er vom Ast gemacht hatte, und zeigte es den beiden. Im Holz klaffte eine fingernagelgroße, eckige Vertiefung.

Charlotte zog die Stirn kraus. »Sieht wie eine Einkerbung aus. Könnte mit einem Messer gemacht worden sein.«

»Sie befindet sich genau an der Stelle, an der Mrs Carwinkle angeblich das Auge gesehen hat«, sagte Jack. »Außerdem war die Einkerbung ganz frisch.«

»Und was schließt du daraus?«, fragte Logan.

»Noch gar nichts. Aber ich finde es zumindest merkwürdig, dass exakt an der Stelle, an der ein Wendigo gestanden haben soll, ein frischer Einschnitt ist. Dazu kommt noch das Stück Plastik, das deine Mum dort gefunden hat.« Logan zog es aus der Tasche.

»Was ist das?«, fragte Charlotte.

»Wissen wir nicht«, sagte Logan.

»Zeig mal her!«

»Aber nicht verlieren!« Logan reichte Charlotte das Plastikstück. »Sieht nach nichts aus, könnte aber ein Beweisstück sein.«

Die Tür wurde aufgestoßen und Basil stürzte in den Raum.

»Logan«, rief er aufgeregt, »Sam geht auf die Otter im Säugetiergehege los!«

Sofort war Logan auf den Beinen und stürmte nach draußen zum Außengehege, wo Tramp schützend vor den

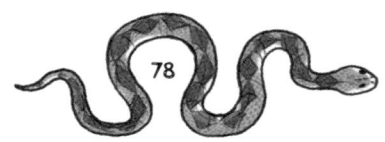

schimpfenden Ottern stand und Sam mit einem Stock auf Abstand hielt.

»Was tust du denn da?«, brüllte Logan den Wildhüter an.

»Der Waschbär will die Otter killen!«, rief Tramp zurück.

»Das ist doch nur Sam«, brummte Logan und ging auf den böse fauchenden Waschbären zu. »Sam«, sagte er leise, streckte die Hand nach ihm aus – und dann ging alles ganz schnell: Sam fuhr herum, hieb mit der Pfote nach Logan und kratzte ihm einmal quer über den Arm. Logan war so überrascht, dass er gar nicht reagieren konnte. Mit offenem Mund starrte er auf die tiefe Wunde, die sich langsam mit Blut füllte.

»Sam!« Fassungslos starrte er den Waschbären an.

Plötzlich schien auch Sam zu begreifen, was er getan hatte. Er ließ die Pfoten sinken und streckte die Schnauze nach Logan aus.

Im selben Augenblick feuerte Sarah einen Betäubungspfeil auf Sam ab. Mit einem Quieken sprang der Waschbär in die Höhe und rannte davon – den wippenden Pfeil im Fell.

»Spinnst du?«, brüllte Logan. »Wieso schießt du auf Sam?« Wütend rannte er davon.

Jack und Charlotte sahen sich ratlos an. »Das ist nicht gut«, murmelte Jack. »Gar nicht gut.«

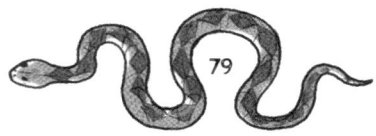

Daryl Cooper stoppte seinen SUV mitten auf dem Bordstein und stieg aus.

»Hey, das ist kein Parkplatz!«, rief ihm jemand von der anderen Straßenseite zu.

»Jetzt schon!«, brüllte Cooper zurück und betätigte die automatische Schließanlage. Er rückte seine Schirmmütze zurecht und machte sich auf den Weg in den *Market Square*. Bier und Wurst holen. Und Würmer. Schließlich war Freitag und Cooper stand ein langes, geruhsames Angelwochenende bevor, an dem er ein paar fette Fische aus dem Meer ziehen wollte.

Die Eingangstür zum Supermarkt öffnete sich automatisch und ein kühler Luftschwall empfing den bulligen Mann. Während draußen tropische Temperaturen die Haut zum Schwitzen brachten, herrschte im Inneren des Ladens eine durch die Klimaanlage erzeugte Kühle, die ihn frösteln ließ. Er krempelte die Ärmel seines Holzfällerhemds herunter, schloss die Knöpfe an den Handgelenken und zog mit einem Einkaufswagen los.

Eine Viertelstunde später hatte er alles beisammen und wollte sich gerade auf den Weg zur Kasse machen, als er laute Schreie hörte. Mehrere Leute brüllten durcheinander und wiederholten dabei immer wieder ein Wort, das

Cooper aber nicht richtig verstand. Es klang wie *Koma*. Seltsam. War etwa einer der Kunden zusammengeklappt?

Cooper wollte den Einkaufswagen weiterschieben – als ihn erneute Schreie zusammenzucken ließen. Das klang nicht nach medizinischem Notfall, dachte er unbehaglich. Das klang nach panischer Flucht! Aber Flucht wovor?

Hektisch blickte er sich um. Wo ging's noch mal zum Ausgang? Plötzlich sahen alle Gänge gleich aus. Er hastete los, bog erst nach links ab, dann nach rechts. Aber statt den breiten Mittelgang zu erreichen, der zu den Kassen führte, kam er plötzlich wieder beim Bier raus – und das war die völlig falsche Richtung.

Cooper drehte um und eilte zurück. Erst jetzt fiel ihm auf, dass niemand sonst mehr unterwegs war. Die übrigen Kunden schienen den Ausgang bereits gefunden zu haben. Er war ganz allein im *Market Square*.

Auch das Schreien ebbte ab. Stattdessen waren nur noch vereinzelte laute Stimmen zu hören. Sie riefen auch nicht mehr Koma; es klang jetzt eher wie *Kuuma*. Gab es nicht ein Gewürz, das so hieß? Irgendwas Indisches? Aber wieso um alles in der Welt sollten die Leute nach einem Gewürz rufen?

Er musste raus hier. Sofort! Er ließ den Einkaufswagen stehen und rannte los, den Gang zurück, dann rechts herum, links an den Regalen mit den Nahrungsergänzungsmitteln vorbei, Dosenfleisch, Babybrei … und plötzlich lag er vor ihm: der Mittelgang, der zu den Kassen und zum Ausgang führte.

Erleichterung machte sich in Cooper breit. Er rannte weiter. Der Kassenbereich kam immer näher. Ein Mann von

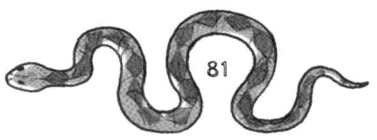

der Security stand mit dem Rücken zu ihm hinter den Laufbändern. Cooper hatte das Ende des Gangs schon fast erreicht, als sich der Wachmann plötzlich zu ihm drehte. Als er Cooper sah, riss er die Augen auf.

»Stehen bleiben!«, rief er aus und hielt die linke Hand ausgestreckt nach vorn, während er mit der rechten nach seiner Waffe griff.

»Ich bin kein Dieb!«, brüllte Cooper. Und plötzlich dämmerte ihm, warum sie hinter ihm her waren. Weil er seinen fetten SUV mitten auf dem Bürgersteig abgestellt hatte. Und sich einen Dreck darum gekümmert hatte, ob andere Leute noch an ihm vorbeikamen oder nicht.

»Tut mir leid wegen dem Parken!«, rief er und hob die Hände. »Ich fahr sofort weg und komm auch nich' wieder. Ich will nur hier raus ...«

In diesem Augenblick sprang etwas aus dem Gang vor ihm und versperrte ihm den Weg. Cooper stoppte reflexartig, noch bevor er erkannte, worum es sich handelte. Erst als er regungslos verharrte, registrierte sein Gehirn das helle Fell, die langen, zuckenden Barthaare und die spitzen Zähne. Keine fünf Meter von ihm entfernt stand ein Puma und fauchte ihn an.

»Gehen Sie zur Seite!«, rief der Mann von der Security. »Sonst kann ich nicht schießen.«

Aber Cooper war wie gelähmt. Seine Knie wurden weich. Und er hatte den Drang, seine Blase zu entleeren.

»Weg da!«, rief der Mann vom Sicherheitsdienst noch einmal. Cooper war jedoch zu keiner Bewegung fähig. Auch dann nicht, als der Puma einen Schritt auf ihn zumachte.

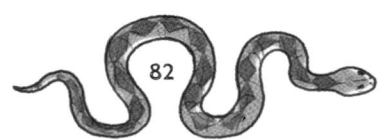

Logan war sauer. Auf Tramp, auf seine Mum – aber vor allem auf sich selbst. Sam hatte etwas getan, das Logan nie für möglich gehalten hätte: Der Waschbär hatte ihn angegriffen. Es war zum Verzweifeln. Immer mehr Tiere wurden immer aggressiver.

Logan betrachtete das grau-schwarze Fellknäuel neben sich. Er konnte sehen, wie das kleine Herz schlug. Und ihm kam der Gedanke, dass etwas die Kontrolle über den Waschbären übernommen hatte. Etwas, das tief im Inneren von Sam geschlummert hatte und geweckt worden war. Eine Seite des Waschbären, die nur dann zum Vorschein kam, wenn er alle Hemmungen verlor. Etwas Rohes, Wildes, das tief in seinen Genen steckte.

»Fertig!« Sarah steckte den Verband fest.

Logan betrachtete seinen bandagierten Arm. »Danke, Mum«, sagte er und warf Sam einen besorgten Blick zu. »Wird er wieder gesund?«

»Ich hoffe es«, erwiderte Sarah. »Aber dazu muss erst einmal geklärt werden, worin genau das eigentliche Problem besteht.«

»Könnte es dasselbe sein wie beim Alligator vor Mrs Carwinkles Haus und den Wildschweinen?«, fragte Jack, der mit Charlotte neben dem OP-Tisch stand.

Sarah zuckte mit den Achseln. »Schwer zu sagen. Ich nehme Sam Blut ab und schicke es ins Labor. Vielleicht findet sich ja ein Hinweis auf eine Krankheit, die wir dann auch bei anderen Tieren nachweisen können.« Sie seufzte. »Aber ein abschließendes Urteil ...«

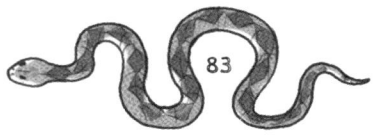

83

Die Tür wurde aufgerissen und Basil stürzte herein. »Sarah! Komm schnell!«

»Was ist denn jetzt schon wieder los?«, fragte Logans Mum erschrocken.

»Ein Puma«, schnaufte Basil. »Im *Market Square!*«

*

Mit gesenktem Kopf und gefletschten Zähnen schlich der Puma auf Cooper zu.

»Aus dem Weg!«, brüllte der Wachmann erneut. »Sonst kann ich nicht schießen!«

Aber Cooper spürte instinktiv, dass die Wildkatze springen würde, wenn er sich auch nur einen Zentimeter bewegte. Das Tier strömte eine enorme Bösartigkeit aus. Es wollte töten. Um jeden Preis.

»Ich zähle bis drei!«, rief der Wachmann. »Dann lassen Sie sich fallen und ich schieße.«

Cooper hatte die Wahl: Entweder der Puma stürzte sich auf ihn oder er wurde von einer Kugel getroffen. Was für ein Irrsinn! Und dabei wollte er doch nur ein gemütliches Angelwochenende verleben.

»Bitte«, hörte Cooper sich selber sagen. »*Töte mich nicht.*« Er war ein wenig überrascht, seine eigene Stimme zu hören. Er tat das nicht bewusst. Seine innere Stimme versuchte, das Tier zu beruhigen.

»*Ich habe dir nichts getan*«, fuhr diese innere Stimme fort. »*Ich habe noch nie einem Tier etwas angetan.*« Er stockte. »*Außer Fischen natürlich. Aber das sind streng genommen ja gar keine Tiere. Sondern Fische. Die frisst du doch auch!*

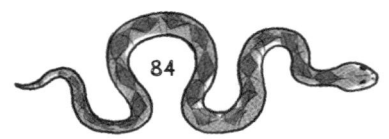

84

Bist du deshalb hinter mir her? Weil ich dir deine Fische wegangel?« Cooper kam ins Grübeln. *»Oder wegen der Ratten? Die knall ich natürlich auch ab. Sind ja bloß Ratten. Konnte ja nicht ahnen, dass sie dein Leibgericht sind. Ich versprech dir hiermit, dass ich keine Ratten mehr schieße und keine Fische mehr angel.«* Ihm kam ein weiterer Gedanke. *»Und ich stelle auch keine Fallen mehr auf. Das mit dem Gürteltier war nicht so gemeint. Ich wollte es nicht essen, ich wollte nur die Falle ausprobieren. Echt wahr!«*

Der Puma brüllte. Offenbar glaubte das Tier ihm nicht. Vermutlich verstand es ihn nicht einmal. Für den Puma war sein Gegenüber nichts weiter als ein leckerer Happen. Cooper kam eine Idee.

»Hast du Hunger?«, fragte er. *»Dahinten gibt's 'ne Fleischtheke. Ich kauf dir, was du willst ...«*

Der Puma sprang ab. Cooper sah nur noch das weit aufgerissene Maul und die ausgefahrenen Krallen. Plötzlich ertönte ein lauter Knall.

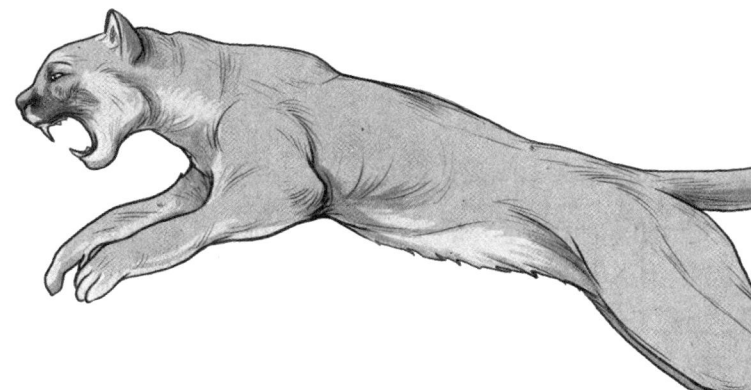

BANG!

Im selben Augenblick fegte ihn die Wucht der Wildkatze von den Beinen. Cooper stürzte hintenüber und ging zu

Boden. Der Puma lag auf ihm. Aber er biss nicht zu. Er rührte sich überhaupt nicht mehr.

Erst da wurde Cooper bewusst, dass das Tier tot war.

✱

Als Sarah zusammen mit Basil und Tramp den *Market Square* erreichte, war schon alles vorbei. Mit einem extrem ungutem Gefühl bahnten sich die drei Wildhüter einen Weg durch die Schaulustigen, die in einer dichten Traube den Eingang des Supermarkts versperrten. In einem Krankenwagen hockte ein bulliger, am ganzen Körper zitternder Mann mit leichenblassem Gesicht.

»Er wollte mich fressen«, murmelte er immer wieder. »Er wollte mich fressen.«

Kurz darauf betraten die Ranger den Supermarkt und sahen den Puma in einer Blutlache auf dem Boden liegen.

»Oh, nein!«, rief Sarah aus und kniete sich neben ihn. Sie untersuchte rasch sein Fell und fand eine Markierung. »Das ist einer von unseren.«

»Du kennst das Tier?«, fragte eine Stimme. Sarah hob den Kopf. Neben ihr stand Sheriff Malone.

»Wir haben ihn vergangenes Jahr markiert«, sagte Sarah. »Vermutlich ist er von Norden eingewandert.«

»Und hat sich deshalb vielleicht nicht an die Regeln gehalten«, überlegte Malone.

Sarah stand auf und baute sich drohend vor dem Sheriff auf. »Wieso schießt ihr ihn ab? Warum habt ihr nicht uns gerufen? Wir hätten den Puma mit einem Betäubungspfeil außer Gefecht setzen können. Es war völlig unnötig, ihn zu töten.«

»Der Puma war kurz davor, einen Kunden anzufallen«, entgegnete Malone ruhig. »Ihr wärt auf jeden Fall zu spät gekommen. Abgesehen davon haben wir euch angefunkt, gleich nachdem wir die Meldung bekommen hatten.«

»Und wieso habt ihr ihn nicht weggescheucht?«, fragte Sarah. Ihr Gesicht verriet eine Mischung aus Trauer und Zorn. »Oder einen Warnschuss abgegeben? Das hätte vermutlich genügt, um ihn zu verjagen.«

»Damit er aus dem Supermarkt rennt und durch die Stadt läuft?« Malone schüttelte den Kopf.

»Pumas sind geschützt, Douglas«, sagte Sarah. »Ich werde das an die zuständige Behörde melden.«

»Melde, was du willst«, entgegnete der Sheriff gelassen. »Wenn ein Tier einen Menschen anfällt, ist es mir egal, ob es geschützt ist oder nicht. Abgesehen davon ...«, er schöpfte Atem, »... haben wir den Puma gar nicht erschossen.«

Sarah runzelte die Stirn. »Was soll das heißen? Wer denn sonst?«

»Ich war es.«

Sarah fuhr herum. Hinter 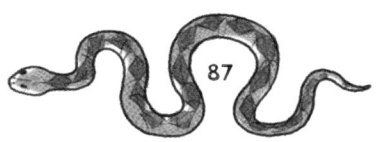 ihr stand ein Mann, groß, mit kantigem Gesicht, dichten Augenbrauen und einem breiten Schnurrbart. Sein Gewehr hatte er lässig geschultert. Sein verschwitzter Arm war übersät mit Mückenmatsch. Sarah lief es bei seinem eisigen Blick kalt den Rücken runter.

»Das ist der Mann, der den Puma erschossen und damit das Leben des Kunden gerettet hat«, erklärte Sheriff Malone. »Darf ich vorstellen: Charles McRibbon.«

»Der Puma ist auf diesen Herrn hier zugesprungen«, sagte McRibbon. »Und der Wachmann reagierte nicht. Ich musste schießen. Ich hatte gar keine andere Wahl.«

»Sie hätten den Mann treffen können«, gab der Sheriff zu bedenken.

»Es war ein Wagnis, stimmt«, gab McRibbon zu. »Aber hätte ich warten sollen, bis der Puma den Mann in Stücke reißt? Ich habe schon einige brenzlige Situationen erlebt, Sheriff. Wenn ein Raubtier erst mal Blut gewittert hat, lässt es sich kaum noch zurückhalten.«

»Na, Sie haben wohl schon viele Tiere geschossen«, sagte Sarah sarkastisch. »Sie scheinen ja ein richtiger Fachmann für wilde Tiere zu sein.«

»Das bin ich allerdings«, gab McRibbon selbstzufrieden lächelnd zurück.

Sarah beäugte ihn misstrauisch. »Wieso habe ich dann noch nie von Ihnen gehört?«

»Weil Sie sich vielleicht nicht die Mühe machen, meinen Namen im Internet zu suchen«, erwiderte McRibbon kühl und drehte den Kopf wieder zu Sheriff Malone. »Ich habe schon auf der ganzen Welt gearbeitet. Deshalb kann ich Ihnen sagen: Was Sie derzeit hier in den Everglades erleben, ist kein Einzelfall. Ganz im Gegenteil: Dieses aggressive Verhalten habe ich auch schon in anderen Ländern beobachtet.«

»Und können Sie es sich erklären?«, fragte Malone neugierig.

»Ich ziehe Verschiedenes in Betracht. Um mehr herauszufinden, müsste ich hier bei Ihnen mein Lager aufschlagen«, sagte McRibbon nachdenklich. »Allerdings wäre das kein Problem, meine Mitarbeiter sind bereits unterwegs. In ein, zwei Tagen könnten wir ...«

»Sekunde mal«, unterbrach ihn Sarah. »Was soll das heißen: Ihre Mitarbeiter sind schon unterwegs? Woher wussten Sie denn, dass der Puma hier auftauchen würde?«

»Ich verfolge aufmerksam die Presse«, erwiderte McRibbon ruhig. »In den letzten Tagen wurde ausführlich über das seltsame Tierverhalten hier in den Everglades berichtet. Und ich bin ein Fachmann für solche Ereignisse. Es war also nicht schwer zu erkennen, dass Sie es mit einem Problem zu tun haben, bei dem ich Ihnen helfen kann.« Er wandte sich wieder an den Sheriff. »Vorausgesetzt, meine Hilfe ist erwünscht.«

Malone nahm den Hut ab und kratzte sich am Kopf. »Die Rangerstation wird von Mrs Davis geleitet. Sie ist auch für die Tiere im Nationalpark zuständig. Vermutlich wäre es klug, Sie würden mit ihr zusammenarbeiten.«

»Ich soll mit jemandem kooperieren, der geschützte Tiere abknallt?«, fuhr Sarah ihn an.

»Ich arbeite lieber allein«, sagte McRibbon gelassen. »Und auch das nur, wenn ich willkommen bin. Andernfalls reise ich sofort wieder ab. Es gibt genügend Arbeit für mich auf der Welt.« Er lächelte Malone an. »Es ist Ihre Entschei-

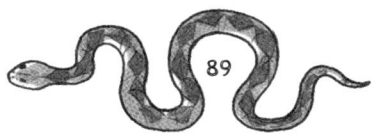

dung, Sheriff. Sie sollten sich darüber klar werden, was Sie wollen. Und wenn Sie sich eine Meinung gebildet haben, geben Sie mir einfach Bescheid.«

*

Als McRibbon kurz darauf in einer Traube von Anwohnern und Reportern bereitwillig Auskunft über sich und seine Tat gab, nahm Sarah Sheriff Malone beiseite.

»Und den willst du hier seine Zelte aufschlagen lassen?«, fragte sie skeptisch. »Sieh dir an, wie er sich als Held feiern lässt. Das ist doch erbärmlich!«

»Du weißt, dass ich dich und deine Arbeit schätze, Sarah«, erwiderte der Sheriff. »Sogar sehr. Aber wenn du das Leben eines Tiers höher wertest als das eines Menschen, verlierst du das richtige Augenmaß.« Er sah sie ratlos an. »Ich glaube nicht, dass es etwas mit der Rache der Natur zu tun hat. Und ob ein genetischer Defekt dahintersteckt, kann ich nicht sagen. Aber ich beobachte, dass die Tiere zu einer immer größeren Gefahr werden. Und du hast keine Antworten, Sarah.«

»Er doch auch nicht«, gab die Wildhüterin entrüstet zurück und wies auf McRibbon, der lächelnd vor der Kamera eines Lokalsenders stand.

»Gib ihm eine Chance«, schlug Malone vor. »Wenn er die Ursache für das Verhalten der Tiere herausfindet, ist das ja auch ein Schutz für sie. Denn wenn noch mehr Tiere ihre Scheu verlieren und Homestead oder andere Orte aufsuchen, bleibt uns letzten Endes nichts anderes übrig, als sie zu erschießen. McRibbon könnte das verhindern.«

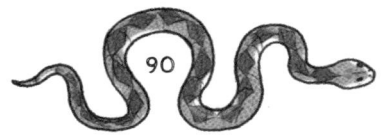

90

Sarah seufzte tief. »Ich habe einfach kein gutes Gefühl bei dem Typen«, sagte sie. »Aber okay: Soll er es versuchen.«

*

Sarah, Tramp und Basil nahmen den toten Puma mit zur Rangerstation. Dort erwartete sie bereits Logan, der wissen wollte, was im *Market Square* passiert war. Während Sarah ihm von McRibbon erzählte – und sich sofort wieder fürchterlich aufregte –, schafften Basil und Tramp den toten Puma in den OP und legten ihn auf den Operationstisch. Dann ließen sie Sarah und ihren Sohn allein und Logan beichtete seiner Mum, dass er und die anderen durch ihre Internetrecherche bereits auf McRibbon gestoßen waren.

»Ihr solltet euch doch aus der Sache raushalten!«, schimpfte Sarah.

»Wir wollten ja nur helfen«, verteidigte sich Logan.

»Verflixt noch mal, Logan«, fuhr sie ihn an. »Du hast doch selbst erlebt, wie gefährlich das Ganze werden kann. Noch dazu mit so einem schießwütigen Kerl wie McRibbon.«

»Du glaubst nicht, dass er uns helfen kann?«

Sarah schüttelte den Kopf. »Er verspricht lediglich eine schnelle Lösung, deshalb lässt ihn der Sheriff sein Glück versuchen. Aber irgendwas an ihm ist komisch. Das habe ich im Gefühl.« Sie seufzte. »Ich entnehme dem Puma eine Blutprobe und schicke sie ins Labor nach Homestead. Viel-

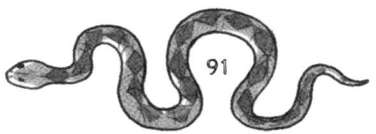

leicht finden die ja etwas. Womöglich gibt es ja sogar eine Parallele zur Blutprobe von Sam.«

»Das kann ich doch machen«, schlug Logan vor. »Blut entnehmen ist kein Problem. Und mit Jacks Propeller-boot ...«

»Ich habe Nein gesagt«, unterbrach Sarah ihren Sohn scharf. »Ende der Diskussion.«

Logan rollte mit den Augen, beschloss aber, die Klappe zu halten. Bis auf Weiteres.

Erst am nächsten Tag nach der Schule hatte Logan Gelegenheit, Jack und Charlotte vom Anpfiff seiner Mum zu berichten.

»Also war's das«, seufzte Jack. »Keine weiteren Recherchen.«

»Hm, na ja ...«, brummte Logan.

»Genau. Ganz schlechte Idee«, sagte Charlotte mit funkelnden Augen. »Die wollen doch nur, dass wir aufhören. Deshalb sollten wir unbedingt weitermachen.« Eine Mücke flog auf sie zu, drehte aber kurz vor ihrem Hals ab und nahm stattdessen Jack ins Visier.

Logan schüttelte skeptisch den Kopf. »Also, ich ...«

»Sekunde mal«, unterbrach ihn Jack und schlug sich an den Hals. »Wen meinst du mit *die,* Charlotte?«

»Kann ich noch nicht sagen«, erwiderte sie. »Ich weiß nur, dass jemand versucht, die Leute hier auf die falsche Fährte zu locken.« Sie steckte die Hand in ihre Hosentasche und zog ein etwa zehn Zentimeter breites und drei Zentimeter hohes Plastikteil hervor, dessen Vorderseite aus geriffeltem rotem Glas bestand.

»Ein Rückstrahler«, sagte Jack. »Von einem Fahrrad.«

Charlotte nickte. »Die Dinger gibt's bei *Macies Bikes.*«

»Und was hat das mit den Tieren zu tun?«, fragte Logan.

Charlotte drehte den Rückstrahler um. An der Unterseite besaß er einen schwarzen Plastikfuß mit einem quadratischen Stecker.

»Krass«, stieß Jack beeindruckt aus. »Der Wendigo!«

Charlotte grinste.

»Ich weiß echt nicht, wovon ihr sprecht«, sagte Logan zunehmend genervt. »Das ist ein stinknormaler Rückstrahler.«

»Der leuchtet, wenn er angestrahlt wird«, bestätigte Jack. »Zum Beispiel von einer Taschenlampe.«

Logan runzelte die Stirn. »Ihr meint, Mrs Carwinkle hat gar kein rotes Horrorauge gesehen? Sondern das Taschenlampenlicht wurde bloß von einem Rückstrahler reflektiert?«

Jack nickte. »Die Einkerbung im Ast des Baums stimmt mit dem quadratischen Plastikfuß überein.«

»Und zwar hundertprozentig«, fügte Charlotte hinzu. »Ich hab's ausprobiert.« Sie zog das rote Stück Plastik, das sie Logan im Labor abgeluchst hatte, aus der Tasche. »Als ich das hier gesehen habe, dachte ich sofort an einen Rückstrahler. Deshalb bin ich zu *Macies* gegangen. Es stammt sogar von diesem Modell. Keine Ahnung, woran er so was sieht, aber Macie hat es sofort erkannt.«

»Also hat Mrs Carwinkle einen Rückstrahler zerschossen«, folgerte Logan. »Aber wo sind die restlichen Teile?«

»Die hat dieselbe unbekannte Person beseitigt, die den Rückstrahler am Ast befestigt hat«, sagte Jack. »Um Mrs Carwinkle an der Nase herumzuführen und sie glauben zu lassen, irgendein geheimnisvolles Wesen würde durch den Kiefernwald streifen.«

»McRibbon?«, fragte Logan.

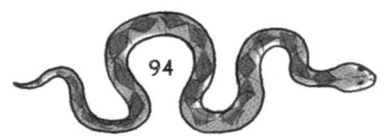

»Möglich«, sagte Charlotte. »Aber der ist doch erst heute in den Everglades angekommen.«

»Falls er wirklich hinter der Sache steckt, hat er sie vielleicht schon länger geplant«, überlegte Jack.

»Und er hat die Schlangenhaut in Mr Malloways Garten gelegt ... beziehungsweise legen lassen«, fügte Charlotte hinzu.

Logan wurde nachdenklich. »Und wie sollen wir das beweisen?«

Charlotte grinste. »Ich schätze, wir müssen den Experten mal ein bisschen genauer unter die Lupe nehmen.«

Jack warf Logan einen zweifelnden Blick zu. »Das wird deine Mum nicht erfreuen.«

»Am besten erfährt sie es erst gar nicht«, sagte Logan. »Wir müssen einfach vorsichtig sein.«

*

Logan wusste durch seine Mum, dass McRibbon und seine Leute ihr Lager etwa fünf Meilen nordöstlich der Rangerstation errichten wollten. Die drei Freunde beschlossen, sich von Osten zu nähern, ließen das Propellerboot eine halbe Meile vom Lager entfernt stehen und wateten zu Fuß durch das feuchte Marschland. Nachdem sie eine halbe Stunde später einen breiten Kiefernwaldgürtel durchquert hatten, blieben sie plötzlich stehen.

»Da vorn ist es«, flüsterte Logan und zeigte auf ein Zypressenwäldchen, das rund hundert Meter entfernt wie eine Insel aus dem Marschland lugte. Links davon standen zwei schwere Propellerboote. Eines wurde gerade von einigen

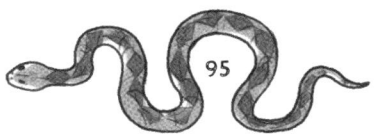

Leuten in Tarnkleidung entladen. »Wir gehen in einem Bogen rechts herum«, schlug er vor. »Dann entdecken sie uns nicht.«

»Und wenn doch?«, fragte Charlotte leise.

»Dann machen wir gerade ›eine Schulexkursion‹«, sagte Jack mit einem breiten Grinsen. »Ist ja schließlich nicht verboten, durch den Sumpf zu waten.«

In einem weiten Bogen bewegten sie sich Richtung Zypresseninsel. Die Männer hinter den Bäumen brüllten sich gegenseitig Kommandos zu und fluchten über die Mückenschwärme. Man hörte Hämmern und Musik, die aus einem Lautsprecher klang. Die Leute waren so mit sich und ihrer Arbeit beschäftigt, dass sie tatsächlich die drei Jugendlichen nicht bemerkten, die sich ihnen rasch und lautlos näherten.

Ein paar Minuten später erreichten Logan, Jack und Charlotte die Zypresseninsel und pirschten sich zur anderen Seite. Fette Spinnen und große Skorpione machten ihnen Platz, Geckos verfolgten misstrauisch ihren Weg. Bunte Libellen verharrten wie Hubschrauber in der Luft und haarige, lange Raupen bewegten sich wie Miniziehharmonikas über die Äste und suchten unter den Blättern der Bäume Schutz vor der sengenden Sonne.

Am Ende des Wäldchens angekommen kauerten sich Logan, Jack und Charlotte auf den Boden und krochen auf allen vieren bis zu einem breiten Stamm, hinter dem sie sich verschanzten. Von dort aus konnten sie die Aktivitäten, die sich knapp zwanzig Meter entfernt auf einem trockenen Streifen Marschland abspielten, gut beobachten.

Ein halbes Dutzend Männer war damit beschäftigt, Zelte

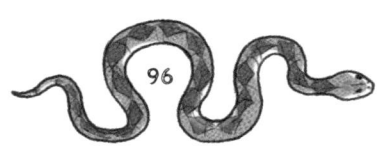

aufzubauen und Käfige zusammenzuschrauben. Zwei große Propellerboote waren voll beladen mit Kisten, Maschinen und Ausrüstungsgegenständen. Eines der Boote hatte einen kastenförmigen Anhänger in Größe eines Campingwagens, dessen hintere Türen weit geöffnet waren. Davor stapelten sich diverse Kisten, auf einer lagen mehrere Gewehre und eine Armbrust.

»Was wollen die denn damit?«, flüsterte Jack.

»Bestimmt keine Betäubungspfeile abschießen«, gab Logan ebenso leise zurück.

»Wozu sind dann die vielen Käfige gut?«, fragte Charlotte.

Jack zuckte mit den Achseln und zeigte dann auf einen jungen Mann mit Stoppelfrisur, der genau auf sie zukam. Wie alle anderen trug auch er braun-beige gefleckte Tarnkleidung. In einer Hand hielt er einen großen Kanister, der offenbar ziemlich schwer war.

»Was machen wir jetzt?«, fragte Charlotte.

»Ruhig liegen bleiben«, erwiderte Logan. »Und nicht bewegen.«

Nur knapp zehn Meter von ihnen entfernt blieb der junge Kerl stehen, öffnete den Schraubverschluss und entleerte den Kanister. Eine durchsichtige Flüssigkeit ergoss sich auf den Boden.

»Hey!«, rief plötzlich eine laute Stimme. Der junge Kerl drehte sich um. Ein großer, breitschultriger Mann kam auf ihn zugestapft. Es war McRibbon.

»Wieso kippst du das Zeug hier am Camp aus?«, fuhr er den jungen Kerl an. »Willst du, dass uns allen schlecht wird, oder was?«

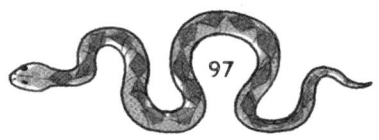

97

Der junge Mann zog den Kopf ein. »Sorry, Boss. Wusste ja nicht, dass das Zeug so eklig riecht.«

»Formalin riecht nun mal nach Leichen. Mach Erde drauf und kipp den Rest dahinten zwischen die Zypressen.« McRibbon wies genau in Richtung der drei Freunde.

»Und der will Naturschützer sein!«, entfuhr es Logan empört.

»Still«, flüsterte Jack. »Der Typ kommt direkt hierher.« Der junge Mann schleppte den Kanister in ihre Richtung und blieb nur wenige Meter von ihnen entfernt stehen. Er verjagte ein paar Mücken, die sich zum Mittagessen auf seinem Arm niedergelassen hatten, öffnete den Verschluss des Kanisters und schüttete den Inhalt aus. Diesmal zog der Geruch direkt zu Logan, Jack und Charlotte. Der Gestank war bestialisch. Charlotte begann zu würgen.

Der junge Mann stutzte. »Hallo?«, fragte er und blickte auf. Die drei Freunde verhielten sich mucksmäuschenstill. Der Mann sah genau in ihre Richtung. Aber er entdeckte sie nicht. Er leerte den Kanister und ging zurück ins Lager.

»Wenn das Naturschützer sind, bin ich die First Lady«, schimpfte Charlotte und spuckte aus.

»Ob die Gewehre für Narkosepfeile geeignet sind, kann ich von hier aus nicht erkennen«, sagte Logan nachdenklich. »Dazu müsste ich näher ran.«

Jack schüttelte den Kopf. »Vergiss es. Dazu sind zu viele Leute im Camp beschäftigt. Wir kommen hier nirgends ungesehen hin.«

»An den Anhänger schon«, überlegte Logan. »Die Ladefläche ist vom Camp aus nicht zu sehen. Da könnten wir nachschauen, was in den Kisten ist.«

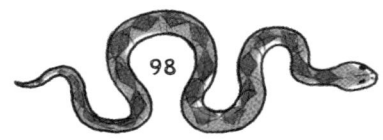

»Viel zu gefährlich«, erwiderte Jack. »Wenn jemand vom Camp kommt, bemerken wir ihn nicht schnell genug. Und dann schnappen sie uns.«

»Dann bleibst du eben hier und beobachtest sie«, sagte Logan. »Und wenn sich jemand dem Anhänger nähert, rufst du wie ein Kormoran.«

Charlotte warf Jack einen erstaunten Blick zu. »Das kannst du?«

Jack nickte. »Ich kann auch noch andere Vögel nachma...«

»Erzähl ihr das später«, schnitt ihm Logan ungeduldig das Wort ab und sah zu Charlotte. »Bereit?«

»Bereit«, erwiderte sie.

Während Jack die nähere Umgebung im Blick behielt, pirschten sich die beiden durch die Zypressen bis auf Höhe des Propellerboots. Dort warteten sie einen günstigen Moment ab und huschten dann zum Anhänger. Rasch untersuchten sie die Kisten, die davor gestapelt waren. Einige von ihnen standen offen.

»Sieh dir das an.« Charlotte zog aus einer von ihnen eine schwere Eisenfalle heraus. »Ich dachte, man fängt Tiere mit Netzen. Wenn diese Falle zuschnappt, ist das Bein ab.«

»Und diese Waffen hier ...«, Logan checkte angewidert eins von den Gewehren, »... taugen definitiv nicht für Betäubungspfeile.«

Charlotte hob indessen eine Plastikflasche aus einer der Kisten. Auf ihr

war ein Totenkopfsymbol abgebildet. »*Konservierungsmittel*«, las sie. »*Extrem giftig* ...«

»Bingo!«, sagte Logan, der mittlerweile eine weitere Kiste geöffnet hatte. Er zog etwas Langes, Durchsichtiges aus ihr heraus und hielt es in die Luft.

Charlotte kam näher. »Die Haut einer Riesenschlange.«

Ein leises Jaulen war zu hören. Es kam aus einer der Kisten.

»Was war das?«, fragte Charlotte.

Im selben Augenblick ertönte der Pfiff des Kormorans.

»Wir müssen weg«, flüsterte Logan und ließ die Haut zurück in die Kiste sinken. Doch gerade als er und Charlotte zurück zu den Zypressen hasten wollten, entdeckte Logan McRibbon. »Mist. Er kommt direkt auf uns zu!«

»Dann müssen wir rennen«, sagte Charlotte.

»Bist du verrückt? Die knallen uns ab! Oder holen uns mit ihren Booten sofort wieder ein.« Hektisch blickte Logan sich um. »Wir klettern in den Anhänger und verstecken uns hinter den Kisten ...«

Ein lauter Knall ertönte. Dann färbte sich der Himmel rot.

»Das kam vom Waldstück!«, rief jemand.

McRibbon drehte sich um und rannte Richtung Zypressenwald. Logan und Charlotte wechselten einen raschen Blick.

»Hey!«, tönte es in dem Moment leise zu ihnen hinüber. Jack war nur wenige Meter entfernt und winkte ihnen aufgeregt zu. »Schnell, kommt!«

Logan und Charlotte rannten los und folgten Jack in den Zypressenwald. Sie hetzten ans nördliche Ende und von dort aus zu einer angrenzenden Kieferninsel. Als sie

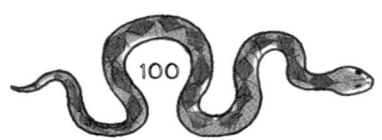

einen kniehohen Teich durchwateten, machte sich ein Alligator rasch aus dem Staub. Erschrocken starrten sich die drei an. Mit reichlich weichen Knien hasteten sie zur nächsten Bauminsel und entfernten sich auf diese Weise immer weiter vom Camp. Als sie außer Sichtweite waren, marschierten sie, so schnell sie konnten, in östlicher Richtung und erreichten schließlich ihr Propellerboot.

»Jack ...«, schnaufte Charlotte und ließ sich auf die Sitzbank fallen, »... also wie du uns da rausgeholt hast ... das war genial.«

Jack lächelte und machte eine kleine Verbeugung in ihre Richtung.

»Wie hast du das denn gedeichselt?«, fragte Logan. »Was war das für ein Knall?«

»Als ich gesehen habe, dass McRibbon in eure Richtung gegangen ist, habe ich das hier abgefeuert«, sagte Jack und zog eine Signalpistole aus seinem Hosenbund. »Habe ich vom Boot mitgenommen. Für alle Fälle.«

Charlotte pfiff anerkennend und er konnte sich ein zufriedenes Grinsen nicht verkneifen.

»Küsst ihr euch jetzt?«, fragte Logan missmutig.

Jack wurde rot. Charlotte lachte.

»Hauen wir lieber ab«, schlug Jack vor. »Bevor uns McRibbon und seine Leute finden.«

»Und wo fahren wir hin?«, fragte Charlotte.

»Zu Sheriff Malone«, antwortete Logan. »Wir haben genug herausgefunden, um McRibbon ans Messer zu liefern.«

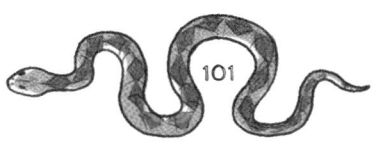

Sheriff Malone runzelte die Stirn. »Charles McRibbon soll ein Betrüger sein?«, fragte er skeptisch. »Habt ihr dafür Beweise?«

»Mehrere«, erwiderte Logan. »McRibbon taucht exakt in dem Moment auf, als die Tiere in den Everglades verrücktspielen. Er bezeichnet sich als Tierexperten und Naturschützer, benimmt sich aber wie das genaue Gegenteil. Statt Betäubungsgewehren haben er und sein Team echte Waffen bei sich, statt Netzen tödliche Fallen.«

»Er befiehlt einem seiner Leute, Formalin mitten in der freien Natur auszuschütten«, ergänzte Jack. »Obwohl er weiß, dass es giftig ist.«

»In seiner Ausrüstung ist eine Schlangenhaut«, sagte Charlotte. »Die hat mit großer Wahrscheinlichkeit vorher hinter Lefty Malloways Haus gelegen, weshalb der glaubte, eine Riesenpython habe sich in seinem Garten gehäutet.«

»Und Mrs Carwinkle ist davon überzeugt, dass ein Wendigo sie angestarrt hat«, nahm Logan den Faden auf. »Obwohl es bloß ein Rückstrahler war, der absichtlich an einem Baum befestigt war, und zwar von einem von McRibbons Leuten, wie wir inzwischen glauben.«

»Da war nämlich noch dieses jämmerliche Jaulen in einer der Kisten von McRibbons Ausrüstung«, fügte Charlotte empört hinzu. »Das klang so, als würde da ein Hund gefangen gehalten.«

»Und zwar Rudi«, folgerte Jack. »Der Hund von Mrs Carwinkle, den sich einer von Charles McRibbons Leuten geschnappt haben muss, als er aus dem Gebüsch heraus beobachtete, wie die alte Dame auf den Rückstrahler schoss.«

Die drei Freunde sahen den Sheriff zufrieden an.

Malone nahm den Hut ab und kratzte sich am Kopf.

»Alle Achtung«, sagte er. »Klingt ziemlich überzeugend. Auch wenn es mich nicht glücklich macht, dass ihr euch in so große Gefahr begeben habt. Falls McRibbon wirklich so skrupellos ist, wie er nach eurem Bericht zu sein scheint, hätte das leicht ins Auge gehen können. Eigentlich ...«, der Sheriff zog die Stirn kraus, »... eigentlich darf ich euch das nicht durchgehen lassen.«

»Was?« Logan sah ihn empört an. »Erst sagen Sie *alle Achtung* und dann wollen Sie uns bestrafen?«

»Sachte«, erwiderte Malone und hob beschwichtigend die Hände. »Ich denke erst einmal nur laut nach.« Er schöpfte Atem. »Eine Sache habe ich noch nicht begriffen: Die Tiere verhalten sich doch wirklich aggressiv. Daran gibt es keinen Zweifel, oder?«

»Natürlich nicht«, erwiderte Jack. »Und das hat entweder gar nichts mit McRibbon zu tun und er hat sich das Verhalten der Tiere einfach zunutze gemacht, um sein eigenes Ding durchzuziehen. Oder ...«

»Oder *was?*«, fragte Malone interessiert.

»Oder die Tiere wurden absichtlich aggressiv gemacht«,

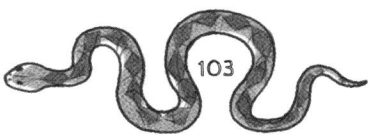

103

sagte Logan. »McRibbon hat Formalin in die Wildnis kippen lassen. Vielleicht hat er ja auch schon vorher die Gegend und die Tiere mit dem Zeug vergiftet.«

Malone nickte. »Okay, das überzeugt mich. Ich werde McRibbon einen Besuch abstatten und sowohl nach der Chemikalie suchen als auch nach Mrs Carwinkles Hund. Wenn ihr recht habt, dann ...«, er lächelte, »... dann denke ich, dass ich eure kleine Aktion großzügig übersehen kann. Immerhin hättet ihr dann dabei geholfen, einen ziemlich kniffligen Fall zu lösen. Aber ich will nicht vorgreifen: Warten wir's ab.«

»Und wann geht's los?«, fragte Jack begeistert.

»Sofort«, erwiderte Malone und setzte sich den Hut wieder auf. »Je eher ich McRibbon mit den Vorwürfen konfrontiere, desto besser.«

*

Am nächsten Tag konnten Logan, Jack und Charlotte es kaum abwarten, dass die Schule endlich vorbei war. Gleich nach dem Klingeln der Schulglocke machten sie sich auf den Weg zur Station, um den neuesten Stand zu erfahren. Logan versuchte, so unauffällig wie möglich bei seiner Mum herauszubekommen, ob Sheriff Malone sich schon gemeldet hatte. Aber das war nicht der Fall. Deshalb schlugen die drei Freunde die Zeit tot, indem sie das Meerwasserbecken von Algen säuberten.

Charlotte hockte am Rand des runden Bassins, fuhr sacht mit der Hand durchs Wasser und zog dicke grüne Büschel heraus. »Wieso sind die Fische hier im Becken?«, fragte sie

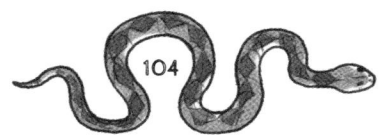

und klatschte den Algenteppich neben sich. »Sind die auch krank?«

Logan schüttelte den Kopf. »Nein, die gehören nur nicht in die Everglades.« Er zeigte auf eine Gruppe handtellergroßer flacher Fische mit dem Ansatz einer Tigermusterung. »Das sind Buntbarsche.«

»Das sind Aquarienfische«, meldete sich Jack von der anderen Seite des Bassins. »Weihnachtsgeschenke.«

»Entweder das oder sie wurden aus einem anderen Grund ausgesetzt«, ergänzte Logan. »Jedenfalls wollten ihre Besitzer nichts mehr von ihnen wissen. Das Wasser des Okeechobee hat sie immer weiter nach Süden getrieben und hier im Nationalpark sind sie dann heimisch geworden.«

»Genauso wie Ratten, Wildschweine, verwilderte Katzen und ...«, Jack machte eine kurze Atempause, »... Tigerpythons.«

Logan nickte. »Alles eingeschleppte oder ausgesetzte Arten, die sich in den Everglades vermehren und die heimischen Spezies bedrohen.«

»Und was macht ihr mit den Fischen?«, fragte Charlotte.

»Wir verfüttern sie«, sagte Logan achselzuckend. »An die Alligatoren, die Pelikane, die Otter ...« Er wies auf eine Zypressenwurzel, die in das Bassin hineingewachsen war. »Und er da schnappt sich auch den einen oder anderen.«

Charlotte musste genau hinsehen. Erst dann erkannte sie die zwei Augen eines großen Raubfisches, die aus dem Wurzelgeflecht unter Wasser in ihre Richtung starrten.

»Ein Barrakuda«, erklärte Logan. »Den haben wir ein paar Jugendlichen abgenommen, die ihn erst gefangen und

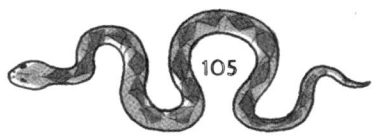

dann mit ihrem Motorboot hinter sich hergezogen haben. Fiese Geschichte. Zum Glück konnten Mum und Basil das Boot stoppen und den Barrakuda retten – obwohl er schon ziemlich übel zugerichtet war. Im Ozean wäre er sofort von Haien gefressen worden. Deshalb haben sie ihn mitgebracht und er hat sich wieder erholt. Grenzt eigentlich fast an ein Wunder. Aber wenn es so weitergeht, können wir ihn bald wieder freilassen. Allerdings ...« Logan zögerte.

»Was?«, fragte Charlotte.

»Er ist irgendwie komisch«, sagte Logan. »Tramp meint zwar, Fischen könne man nicht ansehen, wie es ihnen geht und was sie denken – falls sie überhaupt denken können. Aber wenn ich den Barrakuda ansehe, habe ich das Gefühl, er beobachtet die Menschen extrem misstrauisch.«

»Was ja kein Wunder ist nach einem solchen Erlebnis«, murmelte Charlotte.

Jack wandte sich ab. »Ich geh was trinken.«

Logan hob den Kopf. »Bring uns was mit!«

»Ich geh nur zum Tank«, erwiderte Jack und klatschte in die Hände. »Da müsst ihr euch schon selber hinbequemen.« Als er die Punkte auf seinen Handflächen zählte, grinste er zufrieden. Sieben auf einen Streich!

»Ich könnte auch einen Schluck vertragen«, sagte Charlotte.

»Dann gehen wir in die Station«, schlug Logan vor. »Das Wasser aus dem Tank ist aus dem Okeechobee und eigentlich nur für die Tiere. Kann man zwar auch als Mensch trinken. Aber ich finde die Vorstellung irgendwie komisch, dass es vom See bis hierhin geflossen ist. Hundertfünfzig Kilometer durch Marschland und Schlamm.« Er verzog angewidert das Gesicht.

Charlotte lachte auf. »Du bist ja ganz schön empfindlich! Hätte ich nicht gedacht ... wo du doch hier aufgewachsen bist ...«

Logan zuckte mit den Achseln. »Na und? Ich esse ja auch kein Schilfgras. Und wenn ich die Wahl zwischen einem Krokodilsteak und einem Hamburger habe ...«

Ein Schrei unterbrach ihn. Logan sprang auf und rannte los, Charlotte folgte ihm dicht auf den Fersen. Neben dem großen braunen Wassertank stand Jack und spuckte aus.

»Was ist los?«, fragte Logan besorgt und legte seinem Freund die Hand auf die Schulter.

»Das Wasser ...«, ächzte Jack und zeigte zum Hahn am Tank, der noch immer lief. Logan ging zu ihm und roch am Wasser. Reflexartig zuckte er zurück. »Boah, das stinkt.« Er drehte den Hahn zu. »Da stimmt was nicht.«

»Könnte das gefährlich sein?«, fragte Charlotte interessiert. »Musst du jetzt ins Krankenhaus? Zum Magenauspumpen?«

»Na, hör mal, vielen Dank auch!« Jack schüttelte ent-

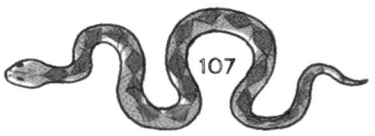

schieden den Kopf, während Logan leise vor sich hin kicherte. »Auf gar keinen Fall. Ich hab doch nur dran genippt.«

Logan sah sich um und entdeckte Basil, der mit einer Schubkarre Richtung Meerwasserbecken unterwegs war.

»Welches Wasser geben wir den Tieren zu trinken?«, rief Logan ihm zu.

»Das Wasser aus dem Fluss!«, rief Basil zurück. »Das weißt du doch.«

»Ich meine, woher kommt es jetzt in diesem Moment«, präzisierte Logan seine Frage. »Aus dem Fluss oder aus dem Tank?«

Basil blieb neben dem Bassin stehen und dachte kurz nach. »Ich glaube, aus dem Tank. Tramp hat es vor ein paar Tagen umgestellt, um den Tank zu leeren und auszuwaschen. Danach wollte er ihn wieder mit frischem Wasser auffüllen.«

»Ist es möglich, dass das Wasser im Tank abgestanden oder irgendwie kontaminiert ist?«, fragte Jack.

Basil schüttelte den Kopf. »Eigentlich nicht. Wir tauschen es ja ohnehin einmal im Monat aus.«

»Könnte es trotzdem sein, dass das Wasser für das merkwürdige Verhalten der Tiere verantwortlich ist?«, fragte Jack Logan.

»Unwahrscheinlich«, erwiderte der. »Wir benutzen es ja nur hier auf der Station. Weder der Puma im *Market Square* noch die Wildschweine haben davon getrunken.«

»Und wenn McRibbon doch irgendwie die Wasservorräte manipuliert hat?«, hakte Charlotte mit leiser Stimme nach und sah Logan fragend an.

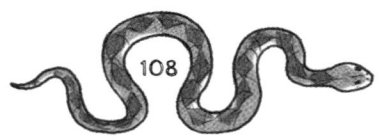

»Wieso sollte er das tun?«, fragte Logan verständnislos.

»Ich sehe mir das gleich an!«, rief Basil zu ihnen herüber.

»Sobald ich das Stroh für die ...«

»Vorsicht!«, brüllte Charlotte. Basil fuhr herum. Etwas schoss auf ihn zu. Im selben Augenblick wurde er von den Füßen gerissen und fiel zu Boden. Während er mit dem glitschigen Körper auf seiner Brust kämpfte, rannten die drei Freunde, so schnell sie konnten, zu ihm. Logan packte den Körper und zog ihn von Basil weg.

»Alles okay?«, fragte Jack besorgt.

Der Wildhüter nickte. »Ich glaub schon, aber ... was ist denn eigentlich passiert?«

»Du wurdest angefallen«, sagte Jack.

»Von wem?«, fragte Basil noch immer total verwirrt.

»Von ihm.« Logan zeigte auf das lange Tier mit den großen Fangzähnen, das sich auf dem Boden wand. Es war der Barrakuda.

*

Sarah nahm die Attacke des Fischs mit versteinerter Miene auf. Sie war verantwortlich für die Tiere im Nationalpark – und die Tiere verhielten sich immer unberechenbarer. Logan bekam Bauchschmerzen bei dem Gedanken, dass seine Mum die Situation vielleicht nicht mehr im Griff haben könnte. Und er setzte alle Hoffnungen auf die Entdeckungen, die er, Jack und Charlotte bisher gemacht hatten. Als kurz darauf der Sheriff auf der Rangerstation eintraf, wollte er zuerst mit Sarah in deren Büro sprechen. Dann bat er die drei Freunde dazu.

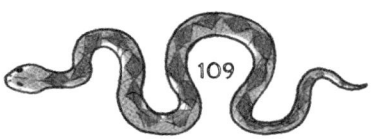

»Wir sind euren Hinweisen nachgegangen«, sagte er. »Und haben das Camp von McRibbon auf den Kopf gestellt.«

»Und?«, fragte Logan gespannt. »War Rudi in der Kiste?« Der Sheriff schüttelte den Kopf. »Mrs Carwinkles Hund war nicht dort.«

»Aber da war ein Hund!«, rief Logan fast schon empört aus. »Charlotte hat ihn doch auch gehört.« Er sah zu ihr, aber das Mädchen reagierte nicht. Sie stand einfach nur da und beobachtete regungslos die Szenerie.

Sheriff Malone nahm den Hut ab und wischte sich den Schweiß aus dem Nacken. »Wir haben sämtliche Kisten öffnen lassen. Nicht nur die auf dem Anhänger. Im gesamten Camp findet sich kein Hinweis auf den Hund.«

Logan schüttelte den Kopf. »Das ist unmöglich ...« Plötzlich kam ihm eine Idee. »Vielleicht haben McRibbon und seine Leute ihn versteckt. Nachdem sie Jacks Propellerboot gehört hatten, als wir abgehauen sind.« Er sah zu Jack. Aber auch er verhielt sich seltsam zurückhaltend. Logan hatte das Gefühl, als würde gerade etwas gründlich schieflaufen. Und niemand griff ein.

»An diese Möglichkeit habe ich auch gedacht«, sagte Sheriff Malone. »Obwohl es dafür eigentlich keine Veranlassung gab, nachdem wir im Camp nichts gefunden hatten. Aber ...«, er setzte den Hut wieder auf und sah Logan ernst an, »... ich bin trotzdem noch zu Mrs Carwinkle gefahren. Einfach um sicherzugehen. Und siehe da: Rudi war zurückgekehrt.«

Logan klappte der Unterkiefer runter.

»Offenbar hatte er sich im Sumpf verlaufen«, fuhr Ma-

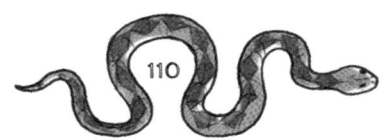

lone fort. »Jedenfalls stand er plötzlich wieder vor der Tür – was Mrs Carwinkle so sehr freute, dass sie ganz vergaß, uns oder euch Bescheid zu geben.«

»Dann hat McRibbon ihn zurückgebracht«, überlegte Logan. »Nachdem wir den Hund im Camp gehört hatten ...«

»Rudi ist bereits vorgestern zurückgekommen«, unterbrach ihn Malone. »Also einen Tag bevor ihr heimlich im Camp von McRibbon gewesen seid. Noch bevor Charles McRibbon überhaupt in den Everglades aufgetaucht ist.«

Logan konnte es nicht fassen. »Was ist mit der Schlangenhaut? Und der Chemikalie?«

»Wir haben eine Schlangenhaut im Camp gefunden«, bestätigte der Sheriff. »McRibbon behauptet, er hätte sie in der Nähe des Lagers entdeckt, was ja nicht ungewöhnlich ist, schließlich gibt es sehr viele Schlangen in den Everglades. Und Schlangen häuten sich.« Er warf Sarah einen Blick zu. Sie nickte unmerklich. »Ich habe die Haut Lefty Malloway gezeigt, aber der meinte, er hätte gar keine Schlangenhaut in seinem Garten gesehen, sondern eine echte Schlange. Und zwar eine gewaltige.« Malone seufzte. »Wir alle wissen, dass Lefty gerne mal einen über den Durst trinkt. Ob die Schlange in seinem Garten also wirklich gewaltig war oder nicht, sei mal dahingestellt. Fakt ist aber, dass er nie von einer Schlangenhaut gesprochen hat.«

»Aber das ist doch völliger ...« Logan brach ab und schnappte nach Luft. Was hatte dieser verflixte Malloway noch mal zu ihnen gesagt? *Is' aber nich' mehr da ...* Nicht mehr! Das konnte doch alles nicht wahr sein!

»Ich habe McRibbon auch wegen der Chemikalie angesprochen«, fuhr der Sheriff fort. »Es handelt sich um Formalin, er braucht es zur Konservierung. Für tote Tiere. Einer seiner Leute hatte es unerlaubterweise ausgekippt. McRibbon tut das sehr leid. Als Zeichen seines guten Willens hat er der Rangerstation eine Spende zukommen lassen.« Malone zog ein Bündel Geldscheine aus der Brusttasche seines Hemds und reichte es Sarah. »Tausend Dollar. Er hofft, dass er den Schaden damit etwas abmildern kann.« Sarah nahm das Geld wortlos entgegen. Dann wandte sich der Sheriff wieder an Logan und die anderen.

»Charles McRibbon ist nicht der Schurke, für den ihr ihn haltet. Ganz im Gegenteil ...«, sagte er entschieden. »Dieser Mann hat einem Menschen das Leben gerettet, indem er den Puma im *Market Square* getötet hat. Außerdem hilft er uns mit seiner Erfahrung bei der Suche nach der Ursache für das aggressive Verhalten der Tiere, das eine ernsthafte Gefahr für die Bewohner der Everglades darstellt. Vielleicht findet er sogar eine Antwort auf die Frage, ob die Tiere wirklich ungewöhnlich groß werden. Das kann er aber nur, wenn wir ihn seine Arbeit machen lassen. Ich finde es ja gut, dass ihr euch engagiert. Aber McRibbon ist der Falsche. Er ist nicht unser Feind: Er ist unser Freund.«

*

Nachdem Sheriff Malone die Rangerstation wieder verlassen hatte, wollte Sarah genau wissen, was ihr Sohn und

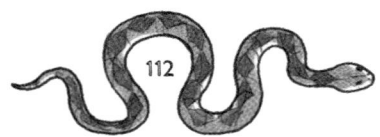

seine Freunde getan hatten. Als die drei ihren Bericht beendet hatten, schüttelte die Wildhüterin fassungslos den Kopf.

»Ihr solltet euch doch aus der Sache raushalten!«, schimpfte sie. »Und ihr habt trotzdem in McRibbons Lager herumgeschnüffelt.«

»Weil wir Ihnen helfen wollten, Ma'am«, beteuerte Jack.

»Darum geht es nicht«, erwiderte Sarah. »Ich spreche solche Verbote nicht ohne Grund aus. Was, wenn McRibbon euch für wilde Tiere gehalten und auf euch geschossen hätte?«

»Aber, Mum! Wir waren wirklich total vorsichtig«, verteidigte sich Logan.

»Vermutlich ist genau das das Problem«, unterbrach ihn seine Mum. »Ihr genießt hier auf der Rangerstation ziemlich viele Freiheiten. Ihr dürft euch um die Tiere kümmern und habt sogar ein eigenes Labor für Untersuchungen. Ich dachte, das würde eure Selbstständigkeit fördern. Aber offenbar hat es dazu geführt, dass ihr eure Fähigkeiten überschätzt. Abgesehen davon gebe noch immer ich hier den Ton an. Und das bedeutet, dass getan wird, was ich sage. Und zwar ohne Ausnahme!«

»Tut uns echt leid, Mrs Davis«, versuchte Jack, die Wogen zu glätten. »Wir versprechen ...«

Aber Sarah unterbrach ihn scharf. »Ab sofort ist damit Schluss.«

»Schluss?«, fragte Logan. »Womit ist Schluss?«

»Mit euren Treffen hier auf der Station«, sagte Sarah. »Bis diese Sache geklärt ist, möchte ich auch nicht, dass ihr euch woanders trefft. Logan bleibt nachmittags hier.

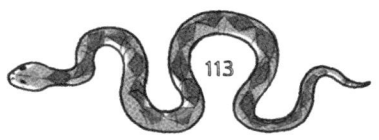

Jack bei sich zu Hause. Und Charlotte ...« Sie sah zu dem Mädchen, das die Diskussion mit finsterer Miene verfolgt hatte. »Du wohnst in Homestead?«, fragte Sarah. Charlotte nickte. »Dann bleibst du bitte dort, bis wir wissen, was mit den Tieren in den Everglades nicht stimmt.« Und mit zusammengebissenen Zähnen fügte sie hinzu: »Und bis McRibbon und seine Leute wieder abgezogen sind.«

*

Spät am Abend trafen sie sich. Heimlich. Im Sumpf. Jack hatte sowohl Charlotte überzeugt als auch Logan überredet. Der hatte eigentlich nicht kommen wollen. Aber Jack hatte nicht lockergelassen. Und so hockten die drei schließlich unter dem sternenübersäten Himmel, an dem sich der schmale Neumond aufmachte, einen neuen Zyklus zu beginnen.

»Mit diesem McRibbon stimmt was nicht«, knurrte Logan. »Da kann er spenden, was er will. Und meine Mum ahnt das auch.«

»Dann müssen wir ihn überführen«, sagte Jack. »Alle anderen halten ihn anscheinend für einen Heiligen.«

»Kein Wunder, nachdem Sheriff Malone alles überprüft und jede einzelne unserer Vermutungen widerlegt hat.« Logan warf Charlotte einen finsteren Blick zu.

»Dann müssen wir eben neue Beweise finden«, sagte Jack.

»Und wo sollen wir die suchen?«, fragte Logan muffig.

»Wir müssen ganz neu anfangen«, schlug Charlotte vor. »Vielleicht haben wir etwas übersehen ...«

»Wer hat dich denn gefragt?«, fuhr Logan ihr ins Wort.

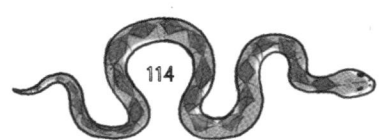

Charlotte riss die Augen auf und schien etwas Bissiges erwidern zu wollen, schwieg dann aber und starrte Logan lediglich mit verschränkten Armen an.

»Was soll das?«, fragte Jack genervt. »Wieso bist du denn plötzlich wieder sauer auf sie?«

»Wieso?«, fragte Logan. »Das fragst du noch?« Er stand auf. »Dann hast du ja noch weniger Durchblick, als ich dachte. Echt armselig, Jack.« Damit stapfte er davon.

Jack warf Charlotte einen raschen Blick zu. »Gib mir eine Minute, okay? Ich krieg das wieder hin.« Damit sprang er auf und hastete seinem Freund hinterher.

»Warte doch mal!«, rief er. Aber Logan reagierte nicht. Jack packte seinen Freund an der Schulter.

»*Was?!*« Wütend drehte sich Logan um.

»Was ist denn bloß los mit dir?«, fragte Jack.

»Das kann ich dir gerne sagen«, presste Logan hervor. »Sheriff Malone hat meine Mum kaltgestellt. Fürs Erste ist nicht mehr sie für den Nationalpark zuständig, sondern ... dreimal darfst du raten, wer.«

»Oh nein. Nicht McRibbon.« Jack stöhnte auf und Logan nickte finster. »Das tut mir leid.«

»Und mir tut leid, dass wir *der* da vertraut haben.« Er nickte Richtung Charlotte. »Seit sie dabei ist, geht alles schief. Schon mal dran gedacht, dass sie das vielleicht absichtlich macht? McRibbon zerstört die Wildstation, Charlotte unsere Freundschaft. Na toll!«

»Aber sie hat doch mit McRibbon gar nichts zu tun«, sagte Jack. »Sie hat uns geholfen ...«

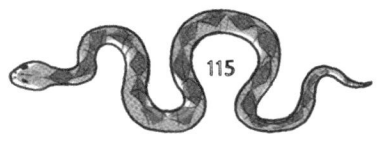

»Du bist in sie verknallt«, unterbrach ihn Logan. »Das ist das Problem. Du kannst nicht mehr klar denken.«

»Jetzt hör aber auf!«, rief Jack böse aus. Doch Logan drehte sich um und rannte weg. »Logan!«, rief Jack ihm nach. Die Dunkelheit hatte den Jungen jedoch bereits verschluckt.

»So ein Mist«, fluchte Jack und lief wieder zu Charlotte zurück. »Jack spinnt jetzt to...«, setzte er an und brach verblüfft ab.

Das Mädchen war verschwunden.

»Charlotte?«, fragte Jack und sah sich um. Niemand antwortete. Stattdessen glaubte er, ein leises Geräusch zu hören – irgendwo weit draußen im Sumpf. Es klang wie ... ein Lachen.

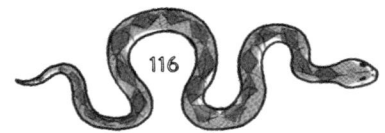

Jack versuchte, Logan am nächsten Tag zum Weitermachen zu überreden. Aber der ließ ihn nach der Schule einfach stehen und nahm den Shuttleservice Richtung Devils Horn. Als auch noch Charlotte wortlos an ihm vorübergehen wollte, packte Jack sie an der Jacke und hielt sie fest.

»Lass mich los!«, zischte sie. »Du und dein toller Freund, ihr könnt mich mal.«

»Jetzt hör mir doch erst mal zu«, erwiderte Jack.

Charlotte funkelte ihn böse an. »Lass! Mich! Los!«

»Nicht bevor ...« Weiter kam Jack nicht. Denn plötzlich packte Charlotte seinen Arm und drehte ihn nach hinten. Jack spürte einen stechenden Schmerz und ging reflexartig in die Knie.

»Bist du verrückt?«, ächzte er. »Was machst du denn da?«

»Sie macht dich fertig«, sagte Dennis im Vorübergehen. »Cooler Griff.« Lachend ging er weiter.

Charlotte ließ Jack los.

Er rieb sich die Schulter. »Das tat echt weh.«

»Ich hab dich gewarnt«, gab Charlotte unbeeindruckt zurück.

»Hör mal«, versuchte Jack es noch einmal. »Keine Ahnung, warum Logan dich gestern so angegangen hat. Aber es tut mir leid, okay?«

Charlotte zuckte mit den Schultern, wirkte aber etwas besänftigt.

»Hättest mir fast den Arm gebrochen«, brummte Jack. Probeweise ließ er seinen Arm wie den Flügel einer Windmühle kreisen. »War das ein Spezialgriff oder so?«

»Krav Maga«, sagte Charlotte.

»Krav ... was?«

»Krav Maga. Eine Selbstverteidigungstechnik für israelische Soldaten.«

Jack riss erstaunt die Augen auf. »Für Soldaten? Wo, ich meine wie ...« Er schüttelte den Kopf. »Wo lernt man denn so was?«

»Im Institut meines Dads. Er meinte, als Mädchen sollte ich mich im Notfall verteidigen können. Deshalb habe ich ein paar Kurse besucht.«

»Das ist aber echt ...«, setzte Jack an – und stutzte plötzlich. »Sekunde mal, hast du nicht gesagt, deine Eltern wären bei einem Autounfall ums Leben gekommen?«

Charlotte wirkte plötzlich nervös. »Das hat er mir vorher beigebracht.«

»Du meintest doch, dass sie gestorben sind, als du noch ganz klein warst«, widersprach Jack. »Und dieses Krav Dingsbums lernt man ja wohl nicht mit drei Jahren, oder?«

Charlotte schluckte.

Aber Jack winkte ab. »Vorschlag: Ich lade dich zum Eis ein und du gibst mir fünf Minuten, um über die Sache mit McRibbon zu sprechen. Deal?«

»Du lädst mich ein. Obwohl ich dir gerade fast den Arm gebrochen habe.« Charlotte grinste verschlagen. »Find ich super.«

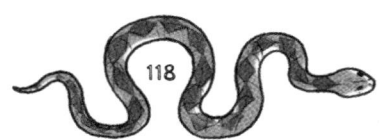

Kurze Zeit später saßen sie in der Washington Avenue unter Palmen im *Paradise Inn* und ließen sich zwei Frozen Yogurts schmecken. Und während auf der zweispurigen von Bäumen gesäumten Straße die Autos vorüberfuhren, landete auf dem schmalen Grasstreifen zwischen den Spuren ein Pelikan und verdaute einen Fisch.

Charlotte leckte den Plastiklöffel ab. »Ich hab gelogen«, sagte sie. »Meine Eltern sind nicht gestorben. Sie haben mich in ein Heim gegeben. Sie wollten mich nicht mehr haben, weil ich zu viel Mist gemacht habe. Nehme ich mal an.«

»Was hast du denn angestellt?«, fragte Jack leicht geschockt. »Das Haus angezündet?«

Charlotte stocherte mit dem Löffel im Frozen Yogurt herum. »Nee, aber Schlösser verklebt, Mülleimer im Bett ausgeleert ...«

Jack fuhr zurück. »Du hast ... Mülleimer im Bett ausgeleert?«

»Nicht in meinem natürlich. Ich bin ja nicht gestört«, erläuterte Charlotte.

Jack hob eine Augenbraue. »Sondern ...?«

»Na, in dem meiner Eltern. Beziehungsweise von meiner Mum und ihrem neuen Freund. Den konnte ich nämlich nicht leiden, weil mein Dad nur wegen ihm völlig fer...« Sie brach ab und sagte dann nur: »Egal. Ich hab meine Gründe gehabt. Also habe ich versucht, ihn irgendwie rauszuekeln.«

»Indem du Müll ins Bett gekippt hast«, wiederholte Jack trocken. »Klar, wie man das eben so macht. Wie konnte ich nur fragen.« Er warf dem Pelikan einen raschen Blick

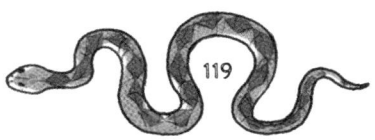

zu. Irgendwas an ihm war komisch. Es hatte fast den Anschein, als belausche er ihr Gespräch.

Charlotte steckte den Löffel in den Frozen Yogurt und lehnte sich zurück. »Ich habe seine Brille zerkratzt, sein Smartphone ins Klo geschmissen, Fische in seine Schuhe geschoben ...«

»Lebendige?«, fragte Jack und lehnte sich interessiert vor.

»Natürlich nicht«, erwiderte Charlotte entrüstet. »Ich bin doch keine Tierquälerin.«

Jack grinste, wurde dann aber wieder ernst. »Und wegen so was gibt man sein Kind ins Heim?«

»Ich habe Mum vor die Wahl gestellt«, erwiderte Charlotte. »Entweder er oder ich.«

Jack nickte ernst. »Und dann bist du zu den Durbridges gekommen?«

»Erst war ich noch bei ein paar anderen Pflegeeltern«, erwiderte Charlotte. »Aber irgendwie gab's immer Ärger. Ich mach manchmal blöde Sachen. Obwohl ich es gar nicht will.«

»Ich bin sicher, das wissen die Durbridges.« Jack legte den Löffel auf die Untertasse.

»Hör mal«, sagte er dann. »Noch mal wegen Logan. Der ist grad total durcheinander. Aber es geht ja auch um seine Mum und die Zukunft der ganzen Station.«

»Und das tut mir echt leid«, gab Charlotte schnippisch zurück. »Aber trotzdem muss er das nicht an mir auslassen.«

Jack sah sie vielsagend an.

»Okay, okay, ich hab's kapiert«, brummte sie schließlich und winkte entnervt ab. »Also, was können wir tun?«

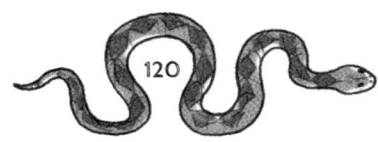

»Du hast es gestern Nacht selbst gesagt. Wir müssen alles noch mal durchdenken. Weil wir vielleicht etwas übersehen haben.«

»Hab ich. Also, wo fangen wir an?«

»Das erzähle ich dir unterwegs.« Jack schob den Stuhl zurück und stand auf.

»Und was ist mit Logan?«, fragte Charlotte und folgte Jack zu den Rädern.

»Nichts«, erwiderte Jack und nahm seinen Drahtesel. »Der soll sich erst mal ein bisschen abkühlen. Wenn wir was rausgefunden haben, weihen wir ihn ein.« Charlotte nickte. Dann fuhren sie los.

Der Pelikan blieb noch einen Moment lang sitzen, dann flatterte er zum Tisch hinüber, an dem die beiden gesessen hatten, und untersuchte die leeren Eisbecher mit dem Schnabel.

»Hau ab!«, rief der Besitzer und scheuchte den Vogel weg. Schimpfend erhob sich der Pelikan, drehte noch eine Runde über dem Eiscafé und flog dann Richtung Sumpf.

*

Lefty Malloway stand an seiner Werkbank mit dem Rücken zur Tür. Und während er die Spule seiner Angel ölte, beschlich ihn das Gefühl, beobachtet zu werden. Er spürte es ganz deutlich.

Behutsam legte er die Spule auf den Tisch und streckte die Hand nach dem Fischmesser mit der gezackten Schnei-

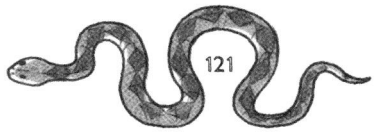

de aus. Im nächsten Moment packte er unvermittelt zu und drehte sich blitzschnell um.

»Was soll das?«, rief eine Stimme. »Wollen Sie uns umbringen?«

Malloway brauchte einen Moment, um zu begreifen, dass von den beiden, die nun vor ihm standen, keine Gefahr ausging. Es war dieser Jack, der schon mal hier herumgeschnüffelt hatte, zusammen mit irgendeinem schlecht gelaunten Mädchen, das ihn nun herausfordernd anstarrte.

»Schleicht euch gefälligst nich' so an mich ran!«, nuschelte er. »Was wollt ihr überhaupt hier?«

»Wir wollen mit Ihnen reden«, sagte Jack und trat einen Schritt vor.

»Ich aber nich' mit euch«, Malloway hob das Messer. »Also verschwindet.«

Jack blieb ruhig. »Danke fürs Stichwort.«

»*Stichwort?*« Malloway wedelte mit der Hand vor seinem Gesicht herum, um deutlich zu machen, was er von Jacks Geisteszustand hielt. »Was brabbelst du kleiner Irrer denn da?«

»Von Mrs Carwinkles Hund, Rudi. Sie haben ihn der alten Dame weggenommen. Und als die Angelegenheit zu heiß wurde, haben Sie ihn wieder zurückgebracht.«

Malloway lachte laut auf. »Du tickst wohl nicht mehr ganz sauber. Warum sollte ich so was Schwachsinniges tun?«

Jack zog eine kleine Plastiktüte aus der Tasche und hielt sie in die Höhe. In ihr war ein glitzerndes Stück Metall. »Warum Sie das getan haben, wüsste ich auch gerne«, gab er zu. »Aber das hier ist jedenfalls die Marke von Mrs Car-

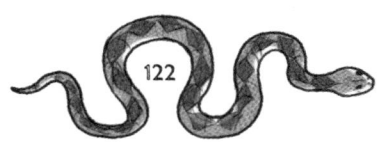

winkles Hund. Wir haben sie auf Ihrem Grundstück gefunden, Mr Malloway. Im Garten bei den Bäumen.«

Malloway riss die Augen auf. »Ihr habt ... was?«

»Wir haben die Marke bereits gecheckt«, erläuterte das Mädchen. »Sie ist voller Fingerabdrücke. Ihrer Fingerabdrücke, Mr Malloway. Wir haben sie mit denen in Ihrem Haus abgeglichen. Sie stimmen hundertprozentig überein.«

»Sie hätten doch nichts dagegen, wenn wir das alles demnächst mal ganz gemütlich mit der Polizei besprechen?«, fragte Jack und legte den Kopf schief.

Malloway stockte der Atem. »Ihr wollt ... was tun?« Er machte leicht schwankend einen Schritt auf Jack zu.

»Waffe weg!«, rief Jack erschrocken. Erst jetzt bemerkte Malloway, dass er noch immer das Fischmesser in der Hand hielt. Hastig legte er es zurück auf den Tisch.

»Ich will ... Ich will euch nichts tun«, stotterte er. »Und ich schwöre, dass ich nichts mit dem Köter von der Alten zu tun hab. Ich hab ihn nich' entführt. Und auch nich' zurückgebracht. Die Marke hab ich noch nie zuvor gesehn!«

»Und die Schlange auch nicht«, stellte das Mädchen ruhig fest.

Malloway verzog das Gesicht. »Welche Schlange?«

»Die riesige Schlange, die angeblich in Ihrem Garten war«, sagte Jack. »Das haben Sie doch der Polizei erzählt! Geben Sie einfach zu, dass Sie gelogen haben – und wir können über die Hundemarke reden.«

*

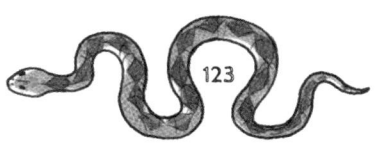

Malloway kam schlurfend ins Wohnzimmer zurück. In den Händen hielt er zwei gefüllte Gläser.

»Hab leider nur Wasser.« Er zuckte mit den Achseln. »Und Scotch. Aber den trinkt ihr ja wohl nich', oder?« Sein Lachen ging direkt in einen Hustenanfall über.

Jack und Charlotte nahmen die schmierigen Gläser entgegen, wechselten einen kurzen Blick und stellten sie dann unangetastet beiseite. Malloway trottete zum Sofa und ließ sich mit einem tiefen Seufzer auf das durchgesessene Polster fallen.

»Raus mit der Wahrheit«, forderte Jack ihn auf.

»Ich hätte mich da nie drauf einlassen dürfen«, seufzte Malloway. »Aber ich mein ... fünfzig Dollar! Hallo? Wer sagt dazu schon Nein?«

»Sie haben fünfzig Dollar bekommen?«, fragte Jack. »Damit Sie den Hund stehlen?«

»Nein, das war ich wirklich nich'! Keine Ahnung, wie die Marke in meinen Garten gekommen ist!«, rief Malloway und fügte dann etwas kleinlaut hinzu: »Aber, na ja, weil ich halt gesagt hab, dass die Schlange in meinem Garten war.« Er überlegte einen Moment. »Obwohl's gar nicht stimmt. War ja nur die Haut gewesen.«

»Und wer hat Ihnen das Geld gegeben?«, fragte Charlotte.

»So 'n junger Typ. Mit kurzen Haaren. Der hat mir fünfzig Mäuse gegeben, damit ich rumerzähl, dass ich 'ne echte Schlange gesehen hab.«

»Eine Riesenschlange«, sagte Jack.

Malloway nickte.

»Und die Haut?«, fragte Charlotte. »Haben Sie dafür auch Geld kassiert?«

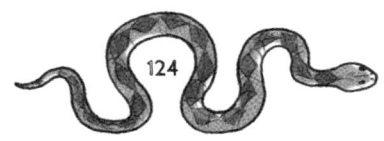

Malloway schüttelte heftig den Kopf. »Nee, die lag wirklich hinten bei den Bäumen. Und war plötzlich wieder weg.«

»Und wer hat sie hingelegt und wieder weggenommen?«, fragte Jack. »Auch der Typ mit der Stoppelfrisur?«

»Keine Ahnung«, erwiderte Malloway. »Aber wieso sollte der die Schlangenhaut erst hinlegen und dann wieder wegnehmen?« Er grübelte einen Moment lang vor sich hin. »Is' vielleicht auch 'n Irrer«, sagte er schließlich und sah Jack achselzuckend an, »so wie du.«

Kurz darauf verließen Jack und Charlotte das Grundstück.

»Hey!«, rief ihnen Malloway nach. »Und was is' jetzt mit der Marke?«

»Wir überprüfen Ihre Aussage, dann sehen wir weiter!«, rief Jack zurück. »Wenn Sie die Wahrheit sagen, haben Sie nichts zu befürchten.«

»Ich hab nich' gelogen. Echt nich'!«

»Glaubst du ihm?«, fragte Charlotte, als sie zu ihren Rädern gingen.

»Irgendwie schon ...«, erwiderte Jack, »... auch wenn ich mich frage, warum die sich überhaupt erst die Mühe gemacht haben, Malloway eine Schlangenhaut in den Garten zu legen.«

»Na, die wissen, wie verpeilt der ist«, überlegte Charlotte. »Vielleicht haben die einfach darauf gehofft, dass er seine Lüge dann umso eher selbst glaubt und total glaubwürdig ist.«

»Kann sein. Die Beschreibung des jungen Kerls passt jedenfalls perfekt zu dem Typen, den wir in McRibbons Lager gesehen haben.«

»Du meinst den, der den Kanister mit dem Formalin ausgeleert hat?«

Jack nickte. »Wir sollten dem Sheriff von der Bestechung erzählen.«

»Ist das nicht vielleicht ein bisschen wenig?«, meinte Charlotte skeptisch. »Alles, was wir haben, ist die Aussage eines stadtbekannten Trinkers. Und der belastet nicht mal McRibbon selbst, weil der nämlich so schlau war, einen seiner Leute zu schicken, um die Drecksarbeit zu erledigen. McRibbon redet sich da einfach raus – vorausgesetzt, der Sheriff würde überhaupt noch einmal zu ihm fahren.« Nachdenklich kratzte sie sich am Kinn. »Wir brauchen handfeste Beweise, bevor wir noch mal zu Malone gehen.«

»Die wir nicht haben«, stellte Jack nüchtern fest.

»Wir wissen ja nicht mal, was er eigentlich vorhat«, murmelte Charlotte. »Wir brauchen mehr Informationen. Wir müssen noch mal in sein Camp.«

»Zu gefährlich«, sagte Jack. »Der Typ weiß jetzt, dass wir schon mal dort waren und der Sheriff ihn im Auge hat. Und er ist bestimmt nicht so dumm, uns einfach so reinzulassen. Der hat vielleicht extra Wachen oder sogar Kameras aufgestellt. Jedenfalls würde ich das machen, wenn ich an seiner Stelle wäre.«

Charlotte dachte nach. »Was ist mit dem Puma?«, fragte sie. »Wollte Logans Mum nicht eine Blutprobe ins Labor schicken?«

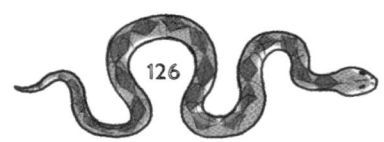

Jack nickte. »Aber nach dem Ergebnis müssten wir Logan fragen. Und der hat im Moment garantiert keine Lust, mit uns zu sprechen.«

»Dann rufen wir direkt im Labor an«, schlug Charlotte vor. »Beziehungsweise du.«

»Ich?«, fragte Jack überrascht. »Wieso denn ich?«

»Weil du ein Junge bist«, erwiderte Charlotte. »Du gibst dich als Logan aus und behauptest, du sollst für deine Mum nach den Ergebnissen der Blutuntersuchung fragen. Das hat Logan bestimmt auch schon oft gemacht.«

»Und wenn die merken, dass ich es gar nicht bin?«

Charlotte legte Jack eine Hand auf die Schulter und lächelte. »Du schaffst das schon.«

*

»Ich fahre mit Tramp zu den Keys«, sagte Sarah und wollte die Tür schon wieder schließen, als Logan von seinem Stuhl aufsprang und zu ihr hastete.

»Kann ich mit?« Er liebte diese Fahrten zu den Koralleninseln.

Sarah warf ihrem Sohn einen finsteren Blick zu. »Du hast Hausarrest, schon vergessen?«

Auch Logans Miene verdüsterte sich prompt. »Aber ich habe doch gesagt, dass es mir leidtut. Wie lange muss ich denn noch ...«

»Schluss!«, unterbrach ihn Sarah. »Du bleibst hier. Ende der Diskussion.«

Logan schnaubte gereizt. »Kann ich wenigstens Basil bei der Arbeit helfen? Oder ins Labor?«

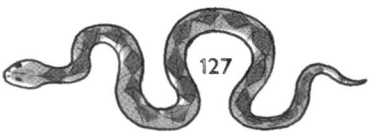

»Basil ist in Homestead. Und das Labor ist tabu. Du bleibst in deinem Zimmer und lernst.« Mit diesen Worten schloss sie die Tür. Logan hörte, wie der Motor des Propellerboots gestartet wurde und sich das Geräusch entfernte.

Wütend trat Logan gegen den Papierkorb. So ein Mist! Und alles, seitdem diese Charlotte hierhergezogen war und sich zwischen ihn und Jack gedrängt hatte. Genau in dem Moment, als er und Jack angefangen hatten, den seltsamen Vorfällen nachzugehen. Seitdem war alles schiefgegangen.

»Charlotte Pryser«, murmelte Logan nachdenklich. Sie war ihnen zu Mrs Carwinkles Haus gefolgt und hatte Hilfe geholt, als der Alligator aufgetaucht war. Aber sie war losgerannt, *bevor* Logan die Tür von Mrs Carwinkles Haus geöffnet hatte. Wie genau hatte sie es noch mal erklärt? *Ich habe es gespürt.*

Und wie war das mit Sam gewesen? Erst hatte der Waschbär Charlotte euphorisch begrüßt, kurz darauf war er auf die Otter losgegangen und hatte Logan gekratzt.

Und als er und Jack nach der Pumaattacke schon drauf und dran waren, die Recherchen einzustellen, hatte Charlotte sie dazu gedrängt weiterzumachen: indem sie einen Rückstrahler aus der Tasche gezogen hatte wie der Zauberer das Kaninchen aus dem Zylinder. Nur deshalb waren sie in McRibbons Camp geschlichen und wären dort beinahe erwischt worden.

Logan kam ein ungeheurer Verdacht: Arbeitete Charlotte etwa für McRibbon? War sie es in Wirklichkeit gewesen, die den Alligator bei Mrs Carwinkles Haus vergiftet hatte – vielleicht mit einem Pfeil aus einer Druckluftpistole, damit

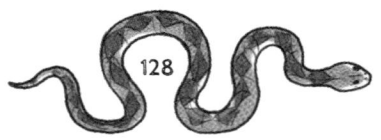

sie die Retterin in höchster Not spielen konnte? Und hatte sie Sam auf dieselbe Weise vergiftet? War alles bloß ein Plan, um Logans Mum anzuschwärzen und die Kontrolle über das Naturschutzgebiet zu bekommen?

Charlotte Pryser war wie aus dem Nichts aufgetaucht – genau wie Charles McRibbon. Vielleicht gab es ja gar keine Pflegefamilie namens Durbridge in der Harding Lane in Homestead.

»Hallo?«

Logan horchte auf. »Ja?«

»Ist da jemand?!«, rief jemand mit wackliger Stimme.

Logan ging zur Tür und steckte den Kopf in den Flur hinaus.

»Hallo!« Die Rufe kamen aus dem Büro seiner Mum. »Hört mich jemand?«

Logan schlich über den Flur und öffnete vorsichtig die Tür zum Büro seiner Mum. Es war niemand dort. War die Stimme doch nicht von hier gekommen?

Logan drehte sich um und wollte den Raum schon wieder verlassen, als er die Stimme erneut hörte. Direkt hinter sich. Aber diesmal rief sie nicht *Hallo*. Sie rief: »Hilfe!«

*

Clarke LaVerne schälte das Sandwich aus dem Butterbrotpapier. Frikadelle zwischen zwei Scheiben Toast mit Ketchup, Senf und Barbecuesoße, dazu Röstzwiebeln und zuletzt noch ein Salatblatt – wegen der Vitamine. Lecker!

Seit Clarke das Sandwich am Morgen in seiner kleinen Küche zubereitet hatte, freute er sich darauf, es zum Lunch

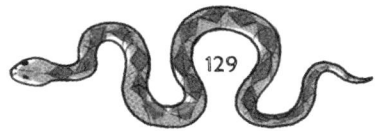

zu essen. Und jetzt war es endlich so weit. Er warf das Papier in den Mülleimer und biss herzhaft in das Sandwich. Die Soßen quollen zu den Rändern heraus und liefen an seinen Fingern herunter – als das Telefon auf dem Schreibtisch vor ihm klingelte.

Clarke leckte rasch die Finger ab und rieb sie an seinem T-Shirt trocken. Dann hob er ab.

»Homestead Medical Laboratory Services, LaVerne am Apparat«, meldete er sich.

»Ja, hallo, hier ist ... äh.« Am anderen Ende der Leitung wurde gehustet. »Logan. Logan Davis. Spreche ich mit Homestead Medical Labrador Services?«

»Laboratory«, sagte LaVerne und bemerkte, wie sich an der Unterseite des Sandwichs ein Soßentropfen bildete. »Hier ist Clarke.«

»Äh, hi ... äh, Clarke. Was geht ab?« Der Tropfen wurde größer.

»Alles gut, Logan. Hörst dich irgendwie anders an als sonst. Biste erkältet?«

»Äh, ja, total erkältet.« Die Stimme am anderen Ende der Leitung hustete noch einmal. »Oh, Mann, bin ich erkältet. Kann kaum sprechen. Meine Stimme muss sich furchtbar anhören. Fast wie die von einem anderen. Aber trotzdem bin ich es: Logan Davis.«

»Okay, Logan, und was ...« Der Tropfen war so dick, dass er jeden Augenblick herunterfallen konnte. »Was kann ich für dich tun?«

»Ich bräuchte die Ergebnisse«, sagte die Stimme.

»Welche Ergebnisse?«, fragte Clarke und hob das Sandwich in die Höhe. Er streckte die Zunge aus dem Mund,

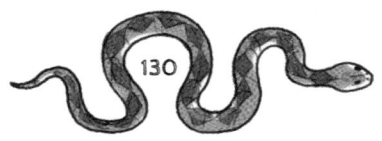

um den Tropfen abzulecken. In diesem Augenblick fiel er herunter – an der Zunge vorbei genau auf Clarkes weiße Hose. »Mist!«

»Bitte?«

»Nicht du«, seufzte Clarke. »Hör mal, Logan, ich hab grad echt keine Zeit. Wenn du mir sagst, welche Ergebnisse du meinst ...«

»Die vom Puma«, kam es prompt vom anderen Ende der Leitung. »Und vom Waschbären. Die Ergebnisse der Blutuntersuchungen.«

»Die hat doch Basil abgeholt«, wunderte sich Clarke und legte das Sandwich auf den Tisch. Mit dem Finger versuchte er, den Senf von der Hose zu reiben. Na toll. Jetzt sah es aus, als hätte ihm ein Pelikan auf die Hose geschissen.

»Ah, Basil, okay.« Einen Moment lang herrschte Stille. »Aber der braucht ja noch, bis er hier ist«, meinte der Junge dann. »Und Mrs Davis, äh, meine Mum muss es sofort wissen. Ob da was Seltsames bei der Untersuchung rausgekommen ist. Oder so.«

Clarke seufzte. »In beiden Proben waren Spuren von Quecksilber enthalten.«

»Ah, okay, und was ... heißt das genau? Ich meine, ist das schlimm oder so?«

»Schlimm?« Clarke entdeckte eine Packung Taschentücher am Ende des Schreibtischs. »Quecksilber ist extrem giftig. Es wirkt auf das zentrale Nervensystem und kann zu schweren Schäden führen, bis hin zum Tod. Vorher können Veränderungen im Charakter des Vergifteten auftreten, zum Beispiel Unruhe, Unaufmerksamkeit, Aggressivität ...«

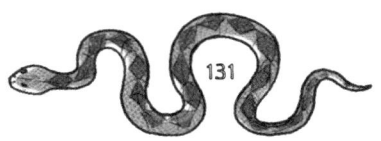

»Aggressivität?!«

Clarke streckte die Hand nach der Taschentücherbox aus, stieß dabei die Tasse mit dem Kaffee um und riss beim Zurückziehen das Sandwich vom Tisch. Es klatschte auf den Boden, während sich der Kaffee vom Tisch aus über seine Hose ergoss.

Clarke stöhnte auf. »Ich muss Schluss machen, Logan. Sag deiner Mum, ich weiß nicht, woher das Quecksilber kommt. Aber es würde mich nicht wundern, wenn das der Grund dafür wäre, dass die Viecher durchdrehen.«

Damit legte er auf. Im selben Augenblick öffnete sich die Tür und sein Kollege Marty kam herein.

»Was in aller Welt ...«, begann er, aber Clarke winkte ab.

»Frag nicht«, sagte er, stand vom Stuhl auf, rutschte auf dem Sandwich aus und fiel der Länge nach zu Boden.

*

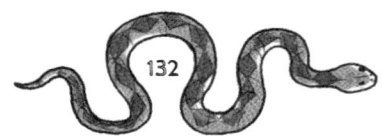

»Hilfe!«, ertönte die wacklige Stimme noch einmal. »Hört mich denn niemand? Ich brauche Hilfe!«

Und plötzlich wusste Logan, wer da rief. Er stürmte zum Schreibtisch seiner Mum und griff nach dem Walkie-Talkie. Hastig drückte er die Sendetaste.

»Mrs Carwinkle?«, rief er ins Gerät. »Sind Sie das?«

»Helft mir, schnell!«, antwortete die alte Dame aufgeregt. »Die Bestie ist wieder da!«

»Das Labor sagt, im Blut von Sam und dem Puma war eine giftige Substanz«, sagte Jack zu Charlotte. »Und Sam wurde aggressiv, nachdem er Wasser aus dem Tank getrunken hatte.«

»Du meinst, das Wasser im Tank könnte vergiftet gewesen sein?«, fragte Charlotte.

»Zumindest hat es verdorben gerochen«, erwiderte Jack. »Ich hab's ja selbst probiert.«

»Und bist nicht aggressiv geworden.«

»Weil ich es sofort wieder ausgespuckt und nicht runtergeschluckt habe. Außerdem ...« Jack stockte kurz und fuhr dann fort: »Ein bisschen mulmig habe ich mich danach schon gefühlt.«

»Aber wer vergiftet das Trinkwasser im Tank?«, fragte Charlotte. »Und warum?«

»Außerdem erklärt das immer noch nicht, wieso sich die Tiere in Freiheit so schräg benehmen, der Alligator, der Puma und so.« Jack kam ein Gedanke. »Vielleicht ist es der Fluss. Also wenn wir erst mal diese Meldungen über aggressive, gigantische Tiere anderswo vergessen.«

»Welcher Fluss?«, fragte Charlotte.

»Der die Everglades zu Marschland macht«, sagte Jack. »Das ist ja kein normaler Fluss, der einer bestimmten, eingegrenzten Bahn folgt. Er durchsetzt das ganze Marschland. Er ist in gewisser Weise überall – aber er hat einen konkreten Ausgangspunkt: den Okeechobeesee.«

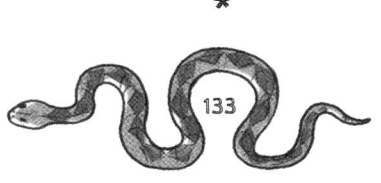

Logan schaltete den Motor des Propellerboots ab und lauschte. Es war völlig ruhig. Er hörte keine Vögel, keine Insekten – nicht mal Mücken. Ihm wurde unwohl bei dem Gedanken, dass er ganz ohne Verstärkung zu Mrs Carwinkles Haus aufgebrochen war. Aber was hätte er sonst tun sollen? Die alte Dame schwebte in Gefahr und Logan war allein auf der Station gewesen. Weder seine Mum noch Basil hatten auf seine Funksprüche reagiert. Also war er kurzerhand losgefahren.

Logan stieg aus dem Boot und betrachtete das Haus der alten Dame. Die Tür war verschlossen. War die *Bestie* über die Hintertür ins Haus gekommen? Und wen hatte Mrs Carwinkle damit gemeint: den Alligator? Oder den Wendigo?

Logan griff nach der Betäubungspistole und machte sich auf den Weg zum Haus. Auf halber Strecke blieb er stehen und sah verdutzt nach unten. Der feuchte Boden war übersät mit toten Insekten.

Deshalb ist es so still hier, dachte er.

Aber was hatte die Insekten getötet? Das war doch nicht das Werk eines Reptils.

Logan ging weiter und erreichte die Veranda.

»Mrs Carwinkle?«, rief er. Keine Antwort. Die Betäubungspistole in der Rechten, schob er die Tür langsam mit der linken Hand auf. Auf den ersten Blick konnte er nichts Auffälliges entdecken. Er betrat das Haus und arbeitete sich langsam über den Flur vor. Die alten Holzdielen knirschten unter seinen Schritten. Er warf einen Blick ins Wohnzimmer und in die dahinter liegende Küche, von der aus eine Hintertür ins Freie führte. Aber Alligatorspuren

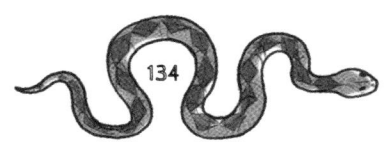

fand er nicht. Logan verließ das Wohnzimmer und ging zur Treppe, die in den ersten Stock führte.

»Mrs Carwinkle?«, rief er.

»Hier oben«, hörte er die Stimme der alten Dame leise.

Stufe für Stufe arbeitete sich Logan nach oben – die Betäubungspistole schussbereit nach vorn gerichtet. Er war sich jetzt sicher, dass es sich bei der *Bestie* nicht um den Alligator handelte.

Wer bist du?, fragte er sich. Und vor allem: Wo bist du?

Je höher er kam, desto weiter reichte sein Blick in den Flur im ersten Stock hinein. Doch auch hier war nichts.

»Mrs Carwinkle?«, rief er.

»Ich bin im hinteren Zimmer!«, hörte er die alte Dame rufen.

Logan atmete auf, steckte die Betäubungspistole in den Hosenbund und ging mit langen Schritten über den Flur.

»Ich bin jetzt da!«, rief er, als er die letzte Tür erreicht hatte. »Was auch immer Sie bedroht hat, ist fort.«

»Gott sei Dank«, hörte er die Stimme der alten Dame von innen. Ein Schlüssel wurde ins Schloss gesteckt und herumgedreht. Die Tür wurde geöffnet ... als Logan aus den Augenwinkeln einen Schatten wahrnahm. Im nächsten Moment prallte etwas gegen ihn und riss ihn zu Boden. Die *Bestie* hockte direkt auf seinem Brustkorb.

*

Jack und Charlotte waren kurzerhand in die öffentliche Bücherei von Homestead geradelt und hatten sich eine Karte der Everglades geben lassen.

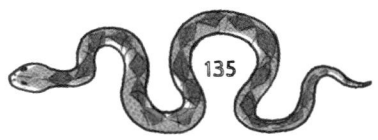

»Hier oben ist der Okeechobee«, sagte Jack und zeigte auf die große blaue Fläche, die im Süden Floridas eingezeichnet war. »Während der Regenzeit tritt er über seine Ufer und breitet sich nach Süden hin aus. Der Boden der Everglades besteht aus einer Kalksteinschicht, die zum Meer hin etwas abschüssig ist, sodass ein Teil vom Süßwasser am Ende in den Ozean fließt.«

»Und wie schnell fließt das Wasser?«, fragte Charlotte.

»Sehr langsam«, antwortete Jack. »Es muss sich ja durch die gesamte Marschlandschaft arbeiten. Und das dauert.«

»Falls also eine Chemikalie in das Wasser gelangt ist, würde es einige Zeit dauern, bis sie von ihrem Ursprungsort ins Meer gelangt, richtig?«

Jack nickte.

»Müssten dann nicht auch die Tiere zu unterschiedlichen Zeiten Anzeichen von Vergiftungen zeigen?«, fragte Charlotte. »Erst spielen sie in der Nähe des Ursprungsortes verrückt, dann weiter südlich und so weiter?«

Jack zog die Stirn kraus. »Worauf willst du hinaus?«

»Ganz einfach.« Charlotte zeigte auf die Karte. »Wenn wir die Orte in dieser Karte einzeichnen, wo es hier in der Gegend seltsame Ereignisse mit besonders großen Tieren gab, könnte uns das zum Ursprungsort der Vergiftung führen.«

»Das ist genial«, sagte Jack. »Aber wir können nicht einfach auf die Karte von der Bücherei malen.«

»Streber!« Charlotte rollte mit den Augen. »Dann kopieren wir uns eben den Ausschnitt.«

Fünfzehn Minuten später hatten sie die entsprechenden Orte in einer Kopie der Karte markiert.

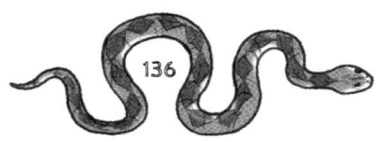

136

»Wenn wir also eine Linie ziehen, könnte die Ursache irgendwo über diesem Punkt hier liegen.« Charlotte wies auf ein Gebiet westlich von Miami.

Jack blickte ratlos auf die Karte. »Da ist aber nichts eingezeichnet.«

»Dann sehen wir im Internet nach.« Charlotte zog ihr Smartphone aus der Tasche. »Bei Google Earth. Da sind auch Gebäude eingezeichnet.« Sie öffnete die App und suchte Florida. Dann vergrößerte sie den Ausschnitt mit den Fingern. Jack sah ihr dabei über die Schulter.

»Was ist das da?«, fragte er und zeigte auf die Umrisse eines Gebäudekomplexes.

Charlotte vergrößerte den Ausschnitt. »CHEMDUST«, las sie vor. »Ein Chemiewerk. Die stellen Chemikalien für Verbrennungsmotoren her.« Charlotte gab den Namen in eine Suchmaske ein und überflog dann die Website des Unternehmens. »Hier steht natürlich nichts über Quecksilber«, sagte sie und scrollte weiter nach unten. Beim Foto eines extrem geschniegelten Manns in einem Anzug und mit etwas auffälligen Augen hielt sie inne.

»Wer ist das?«, fragte Jack. Charlotte vergrößerte die Bildunterschrift und las: »Timothy Gashner. Geschäftsführer von CHEMDUST.« Sie hob den Kopf. »Ich kenne ihn.« Ihre Finger huschten erneut über das Display. »Oder sagen wir besser, ich habe ihn schon mal gesehen.« Sie klickte sich durch den Verlauf ihres Browsers und suchte nach einem ganz bestimmten Eintrag. Als sie ihn gefunden hatte, klickte sie erneut auf den Link.

Als Jack das Foto sah, das dort gespeichert war, klappte ihm der Unterkiefer runter. »Das gibt's doch nicht!«

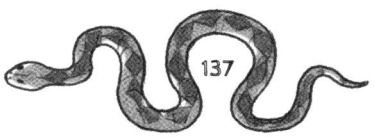

Das Maul schnappte zu. Logan riss den Kopf zur Seite und entging den messerscharfen Zähnen nur um Haaresbreite. Speichel klatschte in sein Gesicht. Etwas Schweres hockte auf seinem Brustkorb und knurrte ihn böse an. Logan versuchte, es wegzudrängen. Aber er bekam es nicht zu fassen.

Sein Blick fiel auf die Betäubungspistole, die kaum einen Meter entfernt auf dem Boden lag. Sie musste ihm bei der Attacke aus dem Hosenbund gerutscht sein. Wenn er an sie herankam, konnte er den Angreifer in den Schlaf schicken: Während er dessen Kehle umklammert und auf Abstand hielt, streckte er die linke Hand nach der Pistole aus. Aber es fehlten einige Zentimeter.

Logan machte den Arm so lang wie möglich und ertastete mit den Fingerspitzen den Griff. Aber zu fassen bekam er die Pistole nicht. Er musste die rechte Hand von der Kehle nehmen und sich herumdrehen. Nur dann hatte er eine Chance, an die Pistole heranzukommen. Wenn er schnell genug war, könnte er es schaffen.

Logan konzentrierte sich, zählte in Gedanken bis drei und riss dann die rechte Hand nach links. Das gerade noch weit aufgerissene Maul schnappte zu, aber Logan drehte sich gleichzeitig nach links und der Biss ging knapp neben seinem Kopf ins Leere. Im selben Augenblick bekam er die Pistole zu fassen, presste den Lauf gegen den behaarten Körper und drückte ab.

Die Bestie jaulte auf und ließ einen Augenblick von ihm ab. Dann stürzte sie sich erneut auf ihn. Aber als Logan sie

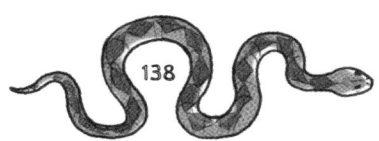

wieder mit beiden Händen auf Abstand zu halten versuchte, spürte er, wie ihre Kräfte schwanden. Ein paar Sekunden später erschlaffte der Körper und sank auf Logan. Er rollte ihn zur Seite und setzte sich auf.

Mrs Carwinkle öffnete die Tür und trat auf den Flur.

»Mein armer, armer Junge«, sagte sie mitleidig.

»Schon okay«, erwiderte Logan. »Mir ist ja nichts ...«

Aber Mrs Carwinkle beachtete ihn gar nicht, sondern peilte mit erstaunlicher Geschwindigkeit den schlaffen Leib neben ihm an. Sie kniete sich neben den hektisch atmenden Körper und streichelte ihm sanft über das Fell. Erst da erkannte Logan, dass die *Bestie* niemand anders als Rudi war.

*

Das Foto zeigte zwei Männer, die nebeneinanderstanden und in die Kamera grinsten. Sie hatten den Arm um die Schulter des jeweils anderen gelegt und schienen sehr vertraut miteinander zu sein.

»*Beim fünfundzwanzigjährigen Highschool-Treffen gab es viele herzliche Wiedersehen«,* las Jack die Bildunterschrift vor. »*Zum Beispiel zwischen Timothy Gashner und Charles McRibbon.*« Er hob den Blick. »Der Boss von CHEMDUST und McRibbon kennen sich.«

»Das ist doch mal interessant«, kommentierte Charlotte trocken.

»Woher hast du das Bild?«

»Ich hab's vor ein paar Tagen bei unseren Recherchen über McRibbon entdeckt. Aus irgendeinem Grund habe ich

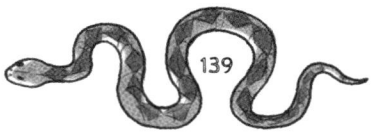

es mir gemerkt. Vielleicht weil Gashner einen leichten Silberblick hat, siehst du?«

Jack betrachtete das Bild noch einmal. Es stimmte: Der Geschäftsführer von CHEMDUST schielte leicht.

»Okay, aber das beweist noch lange nicht, dass CHEMDUST hinter der Verschmutzung des Wassers steckt. Falls es überhaupt eine gab, was wir auch nicht hundertprozentig wissen.«

»Dann checken wir das eben«, sagte Charlotte. »Wir nehmen an mehreren Stellen Wasserproben und bringen sie Sheriff Malone. Der kann sie dann im Labor untersuchen lassen. Und wenn darin dieselbe Substanz ist wie bei euch im Wassertank und diese außerdem bei CHEMDUST hergestellt wird ...«, sie klatschte in die Hände, »... haben wir unseren Schuldigen.«

»Und wie ist McRibbon in die Sache verstrickt?«, fragte Jack.

Charlotte zuckte mit den Achseln. »Keine Ahnung. Aber wenn das Chemiewerk wirklich die Umwelt versaut, ist eins ja wohl klar: Gashners alter Kumpel ist nicht zufällig hier.«

Schon wenig später brachen sie auf und entnahmen alle drei Meilen eine Wasserprobe aus dem Marschland. Jedes Mal schnupperten sie daran, aber das Wasser roch unver-

dächtig und erinnerte nicht mal ansatzweise an den Gestank im Tank der Station.

»Wenn es ein Leck gegeben hat, ist es mittlerweile wieder verschlossen«, folgerte Charlotte. »Die Chemikalie wurde Richtung Süden geschwemmt und ist im Meer verschwunden.«

»Dann gibt es keinen Beweis für die Vermutung, dass CHEMDUST hinter der Verschmutzung steckt«, überlegte Jack. »Wenn wir Sheriff Malone die Proben geben und nichts dabei rauskommt, haben wir es uns endgültig mit ihm verscherzt und er glaubt uns nie wieder was!«

»Dann müssen wir uns eben einen hieb- und stichfesten Beweis holen«, murmelte Charlotte nachdenklich.

Jack zog die Stirn kraus. »Wie denn?«

»Indem wir dorthin gehen, wo es Beweise gibt«, sagte Charlotte. »Zu CHEMDUST.«

*

Während Rudi auf dem Sofa lag und schlief, wischte sich Logan mit einem Papiertuch den Speichel aus dem Gesicht.

Mrs Carwinkle wirkte besorgt. »Ich hoffe, du kriegst jetzt keine Tollwut oder so.«

»Bin ich gegen geimpft«, erwiderte Logan. »Aber jetzt erzählen Sie bitte, was eigentlich passiert ist. Und wieso Sie Rudi *Bestie* genannt haben.«

»Na ja, der Rudi und ich, wir waren beide ganz aus dem Häuschen vor Freude, als er mir zurückgebracht wurde«, berichtete Mrs Carwinkle wehmütig. »Und nach einem ausgiebigen Festmahl sind wir auch alle beide eingeschla-

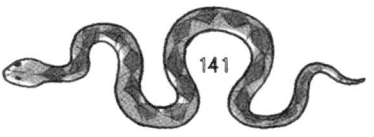

fen, bis ich dann diesen merkwürdigen Traum von einer mörderischen Bestie hatte. Und als ich die Augen aufmache, sehe ich, dass es gar kein Traum ist! Rudi steht vor mir – mit gefletschten Zähnen!« Mrs Carwinkle schluckte. »Er ließ sich überhaupt nicht mehr beruhigen und hat ... sogar nach meiner Hand geschnappt.« Ihre Augen füllten sich mit Tränen. »Das hat Rudi noch nie getan. Ich konnte die Hand zwar rechtzeitig zurückziehen, aber ich war völlig perplex. Plötzlich raschelte es an der Tür und Rudi stürzte hin. Ich nutzte die Gelegenheit und schloss mich hier oben im Schlafzimmer ein, wo ja glücklicherweise noch das Funkgerät von deiner Mum lag.«

»Moment mal«, fragte Logan verwundert. »Rudi wurde zurückgebracht?«

Mrs Carwinkle nickte.

»Aber Sheriff Malone haben Sie doch erzählt, Rudi sei von sich aus zurückgekommen«, hakte Logan nach. »Was stimmt denn nun?«

Mrs Carwinkle schien einen Augenblick lang irritiert zu sein. »Ich ...«, begann sie. Und verstummte.

»Mrs Carwinkle«, sagte Logan und sah die ältere Dame streng an. »Hier im Sumpf passieren schlimme Dinge, das wissen Sie selbst doch am besten! Es ist bloß noch eine Frage der Zeit, bis jemand verletzt oder sogar getötet wird. Also bitte: Reden Sie!«

»Ich wusste, dass es falsch war«, erwiderte Mrs Carwinkle mit gesenktem Kopf. »Aber ich war so froh, dass Rudi wieder zurück war, und hatte auch Angst, es könne wieder passieren, dass ich mich trotzdem darauf eingelassen habe.« Sie warf Logan einen schuldbewussten Blick zu.

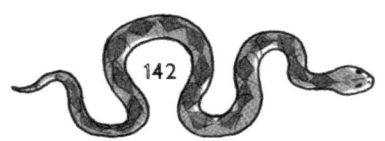

»Mir wurde sogar Geld dafür geboten, wenn ich behaupte, dass Rudi von allein und schon einen Tag früher zurückgekommen wäre. Es sollte so aussehen, als wäre er nur ausgebüxt. Dabei wurde er in Wirklichkeit ... *entführt!* Von demselben Mann, der ihn mir zurückgebracht hat.« Sie beugte sich vor und ihre Miene verfinsterte sich. »Von Charles McRibbon.«

*

Das Fabrikgelände hatte die Größe mehrerer Baseballfelder. Ein gutes Dutzend Gebäude standen auf ihm verteilt, dazu viele riesige Kessel, die mit Metallrohren verbunden waren. Mehrere Tanklastzüge parkten auf dem Gelände, ihre Fahrer waren in Gespräche mit Männern vertieft, die gelbe Warnwesten mit dem Schriftzug der Firma trugen: CHEMDUST.

Jack und Charlotte umrundeten das Gelände mit dem Propellerboot. Es war mit einem hohen Zaun umgeben, auf dem zahllose Kameras installiert waren und jeden Meter überwachten.

Jack stoppte das Propellerboot hinter ein paar Baumreihen. Dann liefen er und Charlotte näher heran und verschanzten sich hinter einem großen Container. Jack zog ein Fernglas hervor und sah zum Haupteingang.

»Da vorn ist eine Schranke mit einem Wachhaus«, sagte er. »Da kommen wir nie durch.«

»Über den Zaun aber auch nicht«, erwiderte Charlotte. »Der Haupteingang ist unsere einzige Chance.«

Ein Tanklastwagen kam die Straße heruntergepoltert und hielt mit schnaufenden Bremsen vor der Schranke. Sofort eilte ein Mann aus dem Wachhäuschen und kontrollierte die Papiere, die ihm der Lkw-Fahrer aus dem Fenster entgegenstreckte. Dann nickte er knapp, ging zurück ins Wachhäuschen und öffnete die Schranke. Der Tanklastzug fuhr auf das Fabrikgelände.

»Das war locker eine Minute«, stellte Charlotte fest.

»Was war eine Minute?«, fragte Jack.

»Die der Laster vor der Schranke gestanden hat. Eine Minute ... genug Zeit also, dass wir uns in ihm hätten verstecken können.«

Jack riss erstaunt die Augen auf. »In einem Tanklastwagen? Wo willst du dich denn da verstecken?«

»Ich weiß nicht«, erwiderte Charlotte und sah nachdenklich zur Straße, wo ein weiterer Lkw herangedonnert kam. »Noch nicht.«

Sie zog ihr Smartphone hervor und wechselte in den Fotomodus. Dann richtete sie die Kameralinse auf den Tanklastzug und vergrößerte den Ausschnitt. »Du stoppst die Zeit.« Jack blickte auf seine Uhr.

»Achtundfünfzig Sekunden«, sagte er, als die Prozedur beendet war und der Wagen wieder anfuhr. Charlotte stoppte die Aufnahme und spielte sie dann noch einmal ab.

»Siehst du die Leiter?«, fragte sie und deutete auf den hinteren Teil des Lasters, an dem Metallstreben befestigt waren, die nach oben auf den silberfarbenen Tank führten. »Da klettern wir rauf. Wir schleichen uns von hinten an,

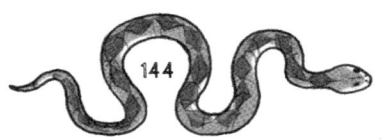

sobald der Wagen steht. Dann befinden wir uns im toten Winkel und der Fahrer kann uns nicht im Rückspiegel sehen. Wir klettern hoch, legen uns flach auf den Tank ... und schon sind wir drinnen.«

»Und dann?«, fragte Jack.

»Sehen wir weiter«, erwiderte Charlotte. »Ein Problem nach dem anderen. Also? Was sagst du?«

Jack knetete sein Kinn. »Ziemlich gewagt. »Was, wenn sie uns schnappen?«

»Was, wenn ein Komet vom Himmel auf unseren Kopf fällt?«, gab Charlotte leicht genervt zurück.

Jack hob abwehrend die Hände. »Okay, okay, bin ja dabei.«

Charlotte sah wieder zur Straße. Ein weiterer Tanklastzug kam herangedonnert. »Dann mal los«, sagte sie und machte sich bereit.

In geduckter Haltung sprinteten sie zum Wagen und erklommen die Leiter: erst Charlotte, dann Jack. Noch bevor er die letzte Sprosse erreicht hatte, löste der Fahrer die Bremsen. Mit einem Ruck fuhr der Tanklastwagen an. Das Manöver kam so überraschend, dass Jack den Halt verlor und nach hinten kippte. Im selben Augenblick wurde seine Hand gepackt und Charlotte zog ihn zu sich heran.

Jack krabbelte aufs Dach und legte sich flach hin. Der Tanklastwagen passierte das Wärterhäuschen und fuhr auf das Fabrikgelände.

Aus den Augenwinkeln konnte Jack die großen glänzenden Kessel sehen, in denen die Chemikalien verarbeitet wurden. Er hatte damit gerechnet, dass der Wagen an einem von ihnen stehen bleiben würde – so wie die anderen

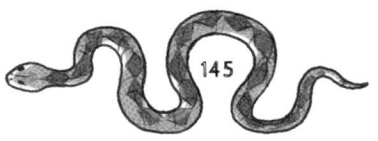

auch, die er und Charlotte vom Propellerboot aus beobachtet hatten.

Aber der Lkw fuhr an den Kesseln vorbei, bis er schließlich neben einem Backsteingebäude stoppte. Jack wartete darauf, dass der Fahrer ausstieg. Aber das tat er nicht. Es passierte nichts. Einfach gar nichts.

Charlotte drehte sich zu ihm. »Was ist los?«, fragte Jack leise. Charlotte zuckte mit den Schultern.

»Ich geh runter.« Jack stieg die Eisensprossen langsam hinab.

»Da ist er ja«, sagte eine Stimme. Jack fuhr erschrocken herum. Drei Männer standen vor ihm und richteten ihre Waffen auf Jack.

»Hände hoch! Und keine lästigen Fluchtversuche, wenn ich bitten dürfte.«

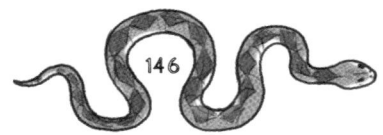

Die Tür wurde von außen abgeschlossen. Dann war Jack allein. Hastig sah er sich um. Einer der drei Männer, die ihn am Lkw so freundlich begrüßt hatten, hatte ihn ohne jede Erklärung hierhergebracht: Außer einem Tisch und einem Stuhl war der schmucklose Raum völlig leer – und bot keinerlei Möglichkeit zur Flucht. Nur eine Überwachungskamera surrte knapp unter der Decke hin und her und verfolgte jede seiner Bewegungen.

Jack lehnte sich gegen die Wand und ließ sich auf den Boden sinken. Es war eine Falle gewesen. Eine simple Falle, in die sie hineingetappt waren. Wie zwei Greenhorns. Jack stutzte, als ihm etwas bewusst wurde. Was hatte der Mann noch einmal gesagt? *Da ist er ja.* Nicht *sie* waren in die Falle getappt, sondern nur *er!* Und gestellt hatte sie ihm Charlotte.

Logan hatte recht behalten mit seiner Vermutung, dass mit dem Mädchen etwas nicht stimmte. Aber Jack hatte es nicht wahrhaben wollen, weil er sich in sie verguckt hatte. Zumindest ein bisschen. Deshalb war er ihr zu CHEMDUST gefolgt und hatte den Tanklaster gekapert – obwohl doch klar war, dass die Sache stank.

Charlotte war es auch gewesen, die alle notwendigen Fakten »gefunden« hatte, um Jack zu CHEMDUST zu locken. Hätte er mal besser auf die Mücken geachtet. Sie hatten um das Mädchen immer einen ebenso weiten Bogen gemacht wie vorhin die Männer. Charlotte war eben durch und durch verdorben.

Ein Schlüssel wurde ins Schloss geschoben und herumgedreht. Jack stand auf. *Ruhe bewahren*, ermahnte er sich selber. *Einfach cool bleiben.*

Die Tür wurde geöffnet und Timothy Gashner betrat den Raum. Jack erkannte ihn sofort.

»Ich kann das erklären«, brabbelte er zu seinem eigenen Erstaunen hektisch los. »Wir-schreiben-für-die-Schülerzeitung-einen-Artikel-über-die-Sicherheitsmaßnahmen-hier-weil-ein-Chemiewerk-besonders-gut-geschützt-sein –«, er holte notgedrungen kurz Luft und Gashner starrte ihn überrascht an, »– muss. Uff. Nur-um-zu-testen-wie-leicht-man-hier-reinkommt-sind-wir-auf-den-Lkw-geklettert-aber-Sie-haben-uns-entdeckt«, fuhr Jack nervös fort. »Test bestanden, würde ich mal sagen. Und damit bekommen Sie auch eine positive Bewertung in unserem Artikel. Fünf Sterne! Herzlichen Glückwunsch!«

Er lachte gekünstelt.

Gashner verzog keine Miene. »Keine Ahnung, was du meinst«, knurrte er mürrisch. »Aber vielleicht weiß mein Kumpel hier, wovon du sprichst.«

Gashner trat zur Seite und machte den Weg frei für einen zweiten Mann, der vor der Tür gestanden hatte und nun den Raum betrat. Charles McRibbon.

McRibbon setzte sich rittlings auf den Stuhl und betrachtete Jack eine Weile stumm.

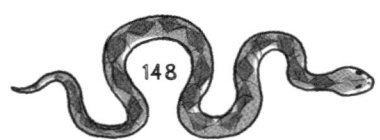

»Alle Achtung«, sagte er schließlich. »Ihr habt ganz schön was riskiert. Und eine Menge rausgefunden. Allerdings ...«, er fuhr sich mit der Zunge über die Zähne, »... nicht alles.«

»Ach ja? Haben Sie auch vor, mir das zu verraten?«, erkundigte sich Jack ironisch. Spätestens nach McRibbons Auftauchen war ihm klar, dass er seine schwachsinnige Schülerzeitungslüge in die Tonne hauen konnte und dass er sich schleunigst etwas anderes überlegen musste, um einigermaßen heil aus der Sache wieder rauszukommen.

»Das sage ich dir, wenn du mir erzählst, was du weißt«, gab McRibbon kühl zurück. *»Quid pro quo.* Gib mir was, dann geb ich dir was.«

Jack kalkulierte blitzschnell das Für und Wider dieses »Angebots«. Er glaubte McRibbon kein Wort. Aber vielleicht verquatschte der sich doch noch, wenn Jack jetzt den Dämlichen gab. Also zählte er auf, was er und Charlotte bis jetzt herausgefunden hatten.

»Sie haben Ihren alten Schulfreund nur geholt, um den Chemieunfall Ihrer Firma und dessen verheerende Folgen für die ganze nähere Umgebung zu vertuschen«, sagte er in Richtung von Mr Gashner. »McRibbon war perfekt, um stattdessen den Mythos von der Rache der Natur in die Welt zu setzen.« Dann wandte er sich wieder an Charles McRibbon. »Aber warum haben Sie Mr Malloway Geld gegeben, um eine Falschaussage zu machen?«

»Weil du und deine Freunde uns auf die Schliche gekommen seid«, sagte McRibbon. »Ihr habt Sheriff Malone aufgescheucht und der hat unser Lager durchsucht. Um den Verdacht von mir abzulenken, haben wir der alten Hexe

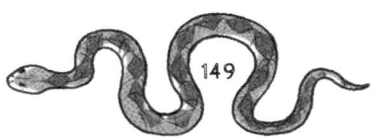

ihren verdammten Köter unter der Voraussetzung zurückgegeben, dass sie ihre Falschaussage macht. Und dem Säufer Malloway haben wir ein paar Flaschen Fusel gegeben, damit er behauptet, er hätte keine Schlangenhaut gesehen, sondern die Schlange selbst. Die Haut hatten wir nur in seinem Garten deponiert, um seiner Fantasie ein bisschen auf die Sprünge zu helfen ... damit wir einen einigermaßen glaubwürdigen Augenzeugen für die Riesentiere haben. Denn die hatte bis dahin ja noch niemand mit eigenen Augen gesehen.«

»Also gibt es gar kein unnatürliches Wachstum der Tiere«, sagte Jack.

McRibbon schüttelte den Kopf. »Natürlich nicht.«

»Und die Schlangenhaut?«, fragte Jack. »Die ist doch wirklich ziemlich groß.«

»Für eine Python vielleicht«, erwiderte McRibbon. »Aber die Haut stammt ja gar nicht von einer Python, sondern von einer Amazonasanakonda. Die hab ich auf einer Reise dorthin mal einem Indiovolk abgeschwatzt.«

Jack zog die Stirn kraus. »Was ist mit den Berichten im Internet? Über Sie und Ihre Erfolge in anderen Ländern?«

»Die Artikel habe ich selbst geschrieben«, erwiderte McRibbon zufrieden. »Und die Seiten, auf denen sie erschienen sind, hab ich auch selbst gebastelt. Ist doch heute kein Problem mehr. Dafür ist die Wirkung umso größer. Was im Internet steht, halten die Leute für wahr. Ganz schön dumm.« Er lachte laut.

»Sie sind also weder ein Tierfreund noch ein Naturschützer«, folgerte Jack. »Warum schlagen Sie dann Ihr Lager im Sumpf auf? Die Märchen von den Riesentieren haben

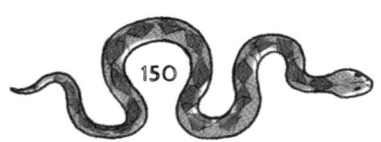

Sie doch auch so in Umlauf gebracht. Dafür brauchten Sie nicht mal persönlich aufzukreuzen.«

»Ich mag halt Tiere«, erwiderte McRibbon mit einem hämischen Grinsen. »Und ganz besonders geschützte Tiere. Die bringen nämlich 'ne Menge Kohle, wenn man sie verkauft.«

Jack fiel die Kinnlade runter. »Sie sind ein Wilderer? Und haben sich den CHEMDUST-Unfall zunutze gemacht, um Mrs Davis aus dem Weg zu räumen und hier in aller Ruhe geschützte Tiere zu jagen?«

McRibbon grinste. »Genialer Plan, was? Leider gab's ein Problem. Du und deine Freunde wart mir ganz schön dicht auf den Fersen. Aber damit ist jetzt Schluss. Und zwar endgültig.«

*

»Hallo? Hört mich jemand? Mum? Basil?« Logan nahm den Daumen von der Sprechtaste und lauschte in den schwarzen Apparat.

»Hal-lo … L..an?«, kam die abgehackte Antwort.

»Mum?«, rief Logan noch einmal ins Walkie-Talkie.

»I… ko… kr…«

Am anderen Ende war seine Mum. Aber die Verbindung war so schlecht, dass er kaum ein Wort verstand. Vermutlich war sie gerade mit dem Propellerboot unterwegs. Oder es gab eine atmosphärische Störung.

Logan hob den Kopf und warf Mrs Carwinkle einen raschen Blick zu. »Ich versuche es von draußen«, sagte er. »Vielleicht klappt es da besser.« Er stand auf und ging

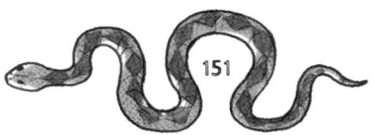

Richtung Haustür. »Ich sage ihr, wo ich bin und dass sie kommen soll. Und auch, dass sie Sheriff Malone informieren ...«

ROAAAARRRRR!

Vor Schreck ließ Logan das Funkgerät fallen und taumelte zurück.

Von wegen: keine Alligatorenspuren! Er hatte sich gründlich getäuscht. Hier direkt vor seiner Nase war ein ganz besonders reizbares Exemplar.

Logan stolperte und ging zu Boden. Da kam das Tier auch schon auf ihn zugestapft.

Blitzschnell ließ der Alligator sein langes Maul zuschnappen. Der Biss verfehlte Logans Fuß nur um Zentimeter. Hektisch rappelte sich Logan auf und flüchtete über den Flur. Das Reptil folgte ihm.

»Rennen Sie nach oben!«, brüllte Logan Mrs Carwinkle zu.

»Und Rudi?«, rief die alte Frau zurück.

»Um den kümmere ich mich!« Logan raste ans Ende des Flurs, stieß die Tür auf und stürzte in einen Raum, auf dessen Boden ein Stoffmandala lag. Eine Glitzerkugel schickte funkelnde Leuchtgewitter über die Wände. Einen Augenblick lang war Logan total verwirrt, dann sah er wieder den schweren Leib des Alligators, der sich durch die Türöffnung zwängte. Logan hastete zum Fenster und schob es nach oben. Der Alligator stürzte hinter ihm her und öffnete sein Maul. Als das Tier zuschnappte, sprang Logan kopfüber durch das Fenster nach draußen und landete unsanft auf feuchtem Grund. Noch während er nach Orientierung suchte, hörte er das wütende Fauchen des

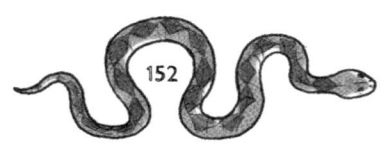

Reptils – und wusste, dass ihm nur wenige Sekunden blieben.

So schnell er konnte, rannte Logan ums Haus herum zur Hintertür. Er stürzte in die Küche und von dort aus ins Wohnzimmer, schob seine Arme unter Rudis schlaffen Hundeleib und hob ihn hoch. Der Schäferhund war viel schwerer, als Logan gedacht hatte. Dennoch gelang es ihm, das Tier bis zum Flur zu schleppen, an dessen Ende sich der Alligator gerade umdrehte.

Logan setzte keuchend seinen Weg zur Treppe fort, während die schweren Alligatorentatzen immer näher kamen. Plötzlich bemerkte er einen kleinen schwarzen Kasten auf dem Boden: das Funkgerät, ohne das wären sie aufgeschmissen! Er machte Anstalten, es aufzuheben, doch schon stürzte ihm das Reptil entgegen. Notgedrungen drehte er sich wieder um und hastete mühsam die Stufen hoch.

Als der Alligator die Treppe erreichte, war Logan bereits auf dem oberen Absatz angekommen und sank erschöpft zusammen. Der Alligator reckte sein Maul nach oben und fauchte wütend. Unter seinem schuppigen Leib knirschte es wie morsches Holz. Es war das Funkgerät, das unter dem schweren Reptil zermalmt wurde.

McRibbon schob Jack unsanft zur Tür. »Mach schon«, sagte er. »Ich hab nicht ewig Zeit.«

»Wohin bringen Sie mich?«, fragte Jack und stolperte den weiß getünchten Flur entlang.

»In die Sümpfe«, erwiderte McRibbon knapp.

Jack starrte ihn an. »Das können Sie nicht machen! Man wird nach mir suchen! Und dann kommt man ganz schnell auf Ihre Spur!«

Aber McRibbon reagierte nicht. Wortlos führte er Jack hinaus auf das Werksgelände.

»Ich bin nicht der Einzige, der über die Sache Bescheid weiß«, versuchte Jack einen weiteren Vorstoß.

»Dein Freund Logan kommt ja auch als Nächstes dran«, blaffte McRibbon ihn an und blieb neben dem Heck eines Transporters stehen. »Und danach nehme ich mir seine Mum vor.«

»Und Charlotte bekommt einen Orden, nehme ich mal an«, zischte Jack. »Ist die eigentlich Ihre Tochter, oder was?«

McRibbon legte den Kopf schief. »Wie kommst du denn auf so einen Mist?« Er öffnete die Türen des Wagens und stieß Jack auf die Ladefläche. Dann warf er die Türen wieder zu. Der Motor wurde angelassen und der Transporter fuhr los.

Jack lehnte sich erschöpft mit dem Rücken gegen die Tür. Erst jetzt bemerkte er, dass er nicht allein im Laderaum war.

Ihm gegenüber saß Charlotte.

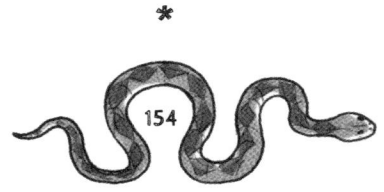

»Wir sind verloren«, wisperte Mrs Carwinkle und streichelte zärtlich über Rudis Kopf. »Dieses Monster lässt uns nie raus. Und wenn Rudi erwacht ...«, sie schluckte, »... wird er entweder uns angreifen oder den Alligator. Und gegen den hat er keine Chance.« Sie schluchzte.

»Sie haben recht«, stellte Logan sachlich fest. »Diesmal können wir nicht wieder darauf warten, dass uns jemand zu Hilfe kommt. Wir müssen uns schon selber helfen.« Er stand auf. »Ich geh raus.«

»Wieso denn das?«, fragte Mrs Carwinkle erschrocken.

»Ich bin mit dem Propellerboot da«, erklärte Logan. »Ich muss nur zu ihm, dann kann ich zur Rangerstation fahren und meine Ma anfunken.« Er warf der alten Dame einen ernsten Blick zu. »Vor dem Alligator brauchen Sie keine Angst zu haben, Ma'am, der kommt die Treppe nicht hoch. Bei Rudi sieht die Sache anders aus. Die Betäubung hält zwar noch eine Weile an. Aber wenn er aufwacht, sollten Sie besser nicht in seiner Nähe sein.« Logan sah sich um. »Wir sperren ihn ins Zimmer gegenüber. Und Sie lassen ihn nicht raus, egal wie sehr er auch bettelt und bellt. Das müssen Sie mir versprechen!«

Die alte Dame nickte. »In Ordnung.«

Jack schob beide Unterarme unter den Hund, hievte ihn hoch und schleppte ihn ins gegenüberliegende Zimmer. Dann schloss er die Tür von außen ab und übergab Mrs Carwinkle den Schlüssel.

»Und wie willst du rauskommen?«, fragte sie Logan.

»Ich hab da so eine Idee«, antwortete er. »Mal sehen, ob's klappt.« Er verließ das Zimmer und ging zur Treppe am Ende des Flurs. Der Alligator lauerte am unteren Absatz

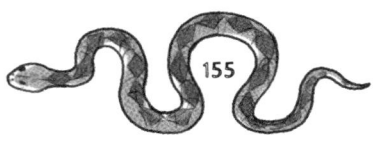

und funkelte ihn böse an. Logan zog sein Handy aus der Tasche.

»Dann zeig mal, was du draufhast.«

*

»Sie haben mich in einen Raum gesteckt und ausgefragt«, sagte Charlotte. »Aber ich habe nichts gesagt.«

Jack starrte sie mit großen Augen an. »Du gehörst nicht zu ihnen?«, fragte er überrascht.

Charlotte verzog das Gesicht. »Wie kommst du denn auf so was?«

Jack wäre vor Scham am liebsten im Boden versunken. Er hatte Charlotte allen Ernstes zugetraut, dass sie ihn und Logan verraten hatte. Wie verrückt und abwegig diese Idee gewesen war, wurde ihm erst jetzt bewusst, als sie auf dem Weg »in die Sümpfe« gemeinsam in diesem verflixten Transporter festsaßen.

»Es ... tut mir leid«, stammelte er. »Ich hatte gedacht ... ich meine befürchtet ...«

»Erzähl mir das später.« Charlotte stand auf. »Wir haben jetzt echt anderes zu tun.« Über die wippende Ladefläche taumelte sie zum Heck des Wagens und rüttelte an der Tür. »Mist. Abgeschlossen.«

»Du willst fliehen?«, fragte Jack und rappelte sich ebenfalls auf.

»Du nicht?« Sie untersuchte die Scharniere der Türen.

Jack schwankte zu ihr. »Wenn sie uns erwischen, sind wir dran.«

»Das sind wir sowieso.« Charlotte drehte sich mit ent-

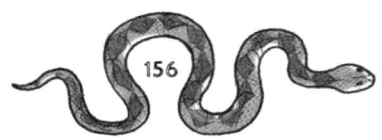

schlossenem Blick zu Jack um. »Unsere einzige Chance ist die Flucht. Und dafür brauchen wir etwas, um die Tür aufzuhebeln.«

*

»Fauch noch mal!«, rief Logan dem Alligator zu und hielt das Handy in seine Richtung. Das Reptil gab brav wütende Laute von sich.

Als es wieder still wurde, stoppte Logan die Audioaufnahme und kehrte zurück zu Mrs Carwinkle.

»Ein durchgeknallter Alligator ist garantiert auch gegenüber seinen Artgenossen aggressiv«, sagte er. »Ich habe die Fauchgeräusche aufgenommen und schneide sie jetzt zu einer Endlosschleife zusammen.« Er tippte auf dem Handydisplay herum, in der Hoffnung, dass der Alligator die eigenen Laute auch tatsächlich für die eines Artgenossen hielt.

»Du schneidest?«, fragte Mrs Carwinkle interessiert. »Ohne Schere?«

Logan lachte auf. »Das geht alles per App.«

Mrs Carwinkle nickte beeindruckt.

Logan beendete seine Einstellungen und hob den Blick. »Haben Sie einen Bindfaden oder so was?«

»Ich könnte dir Wolle anbieten.« Die alte Dame kramte ein Knäuel aus ihrer Nachttischschublade hervor.

»Wollfäden sind perfekt«, sagte Logan.

»Willst du damit sagen, dein Smartphone kann auch stricken?«, fragte Mrs Carwinkle überrascht.

»Schön wär's«, erwiderte Logan und wickelte schnell das Ende des Fadens mehrfach um das Smartphone und ver-

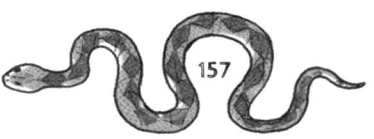

knotete ihn dann. »Hoffen wir, dass es klappt.« Er ging zum Fenster, schaltete die Aufnahme mit dem Alligatorfauchen ein und seilte das Telefon bis knapp über den Boden ab. Dann überließ er es der alten Dame, den Alligator damit zu abzulenken. »Wenn mein Plan funktioniert, bin ich gleich weg«, erklärte er Mrs Carwinkle. »Und Sie rühren sich nicht vom Fleck, bis Hilfe kommt, okay?«

»Aye, aye, Sir!« Gespannt beugte sich die alte Dame nach vorn und ließ das Smartphone hin und her baumeln.

»Falls Sie mein Handy retten können, hätte ich nichts dagegen. Falls nicht ...«, er winkte ab, »... ist es auch nicht so schlimm. Ist ja bloß ein Telefon.« Damit drehte er sich um und schlich so leise wie möglich über den Flur zur Treppe. Der Alligator lauerte noch immer am unteren Treppenabsatz. Aber plötzlich drehte er den Kopf zur Seite, so als würde er lauschen. Logan grinste. Sein Plan klappte: Das Tier reagierte auf sein eigenes Fauchen von der Aufnahme.

Der Alligator drehte sich um und stapfte zur Haustür hinaus. Logan wartete einen Augenblick – dann rannte er die Treppe runter und aus dem Haus. Aus den Augenwinkeln sah er, wie der Alligator nach dem Handy schnappte. Logan raste zum Propellerboot und steckte den Schlüssel ins Zündschloss. Der Motor stotterte – sprang aber nicht an. Logan versuchte es noch einmal. Mit demselben Ergebnis.

»So ein Mist«, fluchte er leise – als ein Schrei die Stille

durchbrach. Logan drehte den Kopf und sah Mrs Carwinkle aufgeregt am Fenster winken. Dann fiel sein Blick auf den Alligator. Er hatte die Fehlzündungen des Motors offenbar gehört und beschlossen, ein neues Ziel ins Auge zu fassen: Logan auf dem Propellerboot.

Mit rasender Geschwindigkeit schoss die Echse auf ihn zu. Noch einmal drehte Logan den Zündschlüssel herum. Der Motor spuckte wie verrückt. Aber sprang nicht an.

Logan warf einen hektischen Blick zur Seite. Der Alligator war nur noch wenige Meter von ihm entfernt. Wenn das Reptil mit diesem Tempo ins Boot krachte, konnte es das Boot mühelos umwerfen. Und wenn Logan erst einmal zu Fuß durch den Sumpf flüchtete, war es nur eine Frage der Zeit, bis ihn das Tier erwischte.

Seine einzige Chance bestand darin, den Motor zu starten. Logan biss die Zähne zusammen und packte den Schlüssel fester. Dann drehte er ihn erneut um. Der Motor stotterte ... und sprang plötzlich an. Der große Propeller begann, sich zu drehen. Logan löste die Bremse und gab Vollgas. Der Rotor schob das Boot langsam nach vorn. Logan riss das Lenkrad herum – im selben Augenblick erschütterte ein heftiger Schlag das Propellerboot. Logan wurde nach vorn geworfen und konnte sich gerade noch am Lenkrad festklammern. Das Boot machte einen Satz nach vorn – und fuhr los. Logan warf einen Blick zurück und sah den Alligator hinter sich das Maul aufreißen. Das Tier hatte ihm ungewollt Starthilfe gegeben. Logan hatte es geschafft.

*

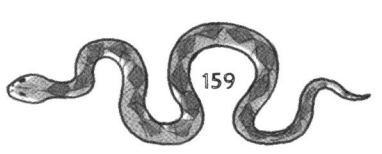

»Hier ist was«, sagte Jack und zog einen Wagenheber unter der Ladeflächenabdeckung hervor. Er schraubte die kurze Eisenstange heraus, mit der der Wagen hochgestemmt wurde, und reichte sie Charlotte. »Kriegst du damit die Tür aufgebrochen?«

Charlotte nahm die Stange und setzte das eine Ende an den schmalen Türspalt. Dann versuchte sie, die Stange mit ihrem Körpergewicht zur Seite zu drücken, um damit die Türen aufzuhebeln.

»Hilf mir doch mal«, ächzte sie. Jack packte die Stange ebenfalls und mit vereinten Kräften drückten sie dagegen. Die Autotüren knackten.

Plötzlich rutschte die Stange ab und die beiden gingen zu Boden. Im selben Augenblick stoppte auch der Wagen.

»Ob sie was gehört haben?«, fragte Jack besorgt.

»Vielleicht halten sie bloß an einer Straßenkreuzung«, sagte Charlotte.

Die vorderen Autotüren klappten auf und zu. Schritte waren zu hören. Dann wurden die Hecktüren des Transporters geöffnet und McRibbon starrte sie grimmig an.

»Raus da!«, knurrte er.

Kurz darauf bestiegen sie eines der Propellerboote, die sie bereits in McRibbons Camp gesichtet hatten.

Während zwei seiner Leute Jack und Charlotte ans Boot fesselten, startete McRibbon den Motor.

»Wo bringen Sie uns hin?«, brüllte Charlotte gegen den Lärm des großen Propellers.

»Sagte ich doch bereits!«, rief McRibbon zurück. »In den Sumpf.«

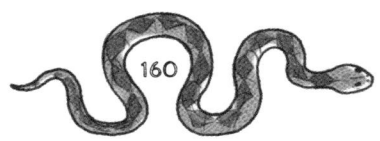

»Aber wohin genau?«, fragte Charlotte. Garantiert wollte sie wissen, wie sie und Jack womöglich fliehen konnten.

McRibbon drehte sich zu ihr. »Ich bringe euch zu euren Freunden, den Tieren.« Damit lachte er laut auf und löste die Bremsen.

*

Logan raste Richtung *Wild Claws*. Den größten Teil der Strecke hatte er hinter sich und er hoffte, dass entweder seine Mum mit Basil oder Tramp mittlerweile zurück wären. Ansonsten würde er den Sheriff informieren. Der bräuchte allerdings fast eine Stunde, bis er bei Mrs Carwinkle wäre.

Moment mal ... Er stutzte. Da war etwas am Horizont!

Ein dunkler Fleck, der sich rasch auf ihn zubewegte. Ein Propellerboot! Seine Mum? Nein, sie konnte ja gar nicht wissen, dass er zu Mrs Carwinkle gefahren war. Ein mulmiges Gefühl breitete sich in ihm aus. Logan stoppte das Boot und kramte ein Fernglas aus dem Notfallkasten. Als er hindurchblickte, traf ihn fast der Schlag: Neben McRibbon und zweien seiner Leute erkannte er Charlotte ... und Jack, der anscheinend gefesselt war!

Logan ließ das Fernglas fallen und lenkte sein Boot so schnell wie möglich hinter eine kleine Bauminsel. Er konnte nur hoffen, dass McRibbon ihn noch nicht gesehen hatte. Logan schaltete den Motor aus und wartete.

Ein paar Minuten später sauste McRibbons Boot an der Insel vorüber. Da er weder die Geschwindigkeit drosselte

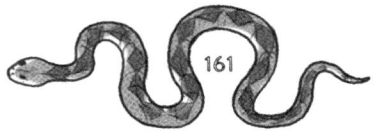

161

noch einen Blick zur Seite warf, nahm Logan an, dass ihn der Kerl wirklich nicht bemerkt hatte.

Aber was nun? Logan hatte weder Handy noch Walkie-Talkie bei sich. Und bis zur Station bräuchte er auf jeden Fall noch zehn Minuten. Sollte dann niemand in der Nähe sein, würde eine weitere Stunde vergehen, bis Hilfe vor Ort wäre. In dieser Zeit konnte McRibbon alles Mögliche mit Jack anstellen. Abgesehen davon, dass Logan ja gar nicht wusste, wohin der Kerl seinen Freund brachte. Zu seinem Camp waren sie jedenfalls nicht unterwegs, das lag weiter östlich.

Logan hatte keine Wahl, er musste hinterher. Jack war in Gefahr und Logan wusste als Einziger, wo sein Freund in diesem Augenblick war. Er durfte ihn nicht aus den Augen verlieren.

Logan startete den Motor, drehte das Boot und nahm die Verfolgung auf.

*

Rund fünfzig Meter hinter einem breiten Waldstreifen stoppte McRibbon das Boot. Seine beiden Helfer lösten Jack und Charlotte die Fesseln und stießen sie unsanft von Bord. Im feuchten Marschland versanken Jack und Charlotte bis über die Knöchel im schlammigen Boden. Vor ihnen breitete sich ein großes Wasserloch aus.

»Wollen Sie uns etwa hier aussetzen?«, fragte Jack und hoffte, dass McRibbon genau das vorhatte. Denn von hier aus kannte er den Weg nach Devils Horn. Es würde zwar ein paar Stunden dauern, aber es war zu schaffen. Deshalb

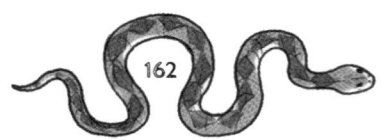

fügte Jack noch rasch hinzu: »Mitten in dieser gottverlassenen Gegend?«

»Du kannst mich nicht veräppeln«, zischte McRibbon. Er öffnete eine Kühlbox und holte ein großes Stück Fleisch heraus. »Könnt ihr schwimmen?«, fragte er und auf seinem Gesicht zeichnete sich ein breites Grinsen ab. »Falls nicht, habt ihr nämlich ein Problem.« Er warf das Fleisch in hohem Bogen Richtung See, wo es klatschend ins Wasser fiel.

Sofort geriet das Wasser an mehreren Stellen in Bewegung. Es brodelte und schäumte, als würde es kochen. Und an der Stelle, wo das Fleisch hineingefallen war, schossen zwei, drei dunkle Körper aus der schlammbraunen Brühe und stießen in der Luft gegeneinander.

»Alligatoren«, entfuhr es Jack fassungslos.

McRibbon drehte sich grinsend zu ihm. »So um die zehn Exemplare«, sagte er. »Die haben meine Leute und ich in den vergangenen Tagen gefangen und hier versammelt – um sie später mitzunehmen und zu verkaufen. Aber vorher ...«, er fuhr sich mit der Zunge über die Zähne, »... erfüllen sie noch einen anderen Zweck.« Er wies mit einer auffordernden Geste Richtung See. »Euer Badeteich ist vorbereitet. Wenn ihr es bis zum anderen Ufer schafft, schenke ich euch die Freiheit. Na? Ist das ein Deal?« Er zog seine Pistole aus dem Halfter und richtete sie auf Jack und Charlotte. »Los jetzt! Ich hab noch mehr zu tun.«

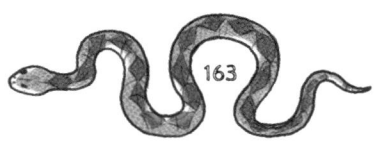

Widerstrebend gingen sie Richtung See.

»Was machen wir jetzt?«, flüsterte Charlotte.

»Ich hab keinen blassen Schimmer«, gab Jack zähneknirschend zu.

»Willst du etwa wirklich in den See steigen?«, fragte sie fast schon empört.

»Was bleibt uns anderes übrig?«, fuhr Jack sie leicht gereizt an. »Wenn wir es nicht tun, erschießt uns McRibbon.«

»Und wenn wir es tun, fressen uns die Alligatoren.«

»Was weiß denn ich«, sagte Jack frustriert. »Vielleicht haben wir Glück und schaffen es bis ans andere Ufer.«

Charlotte funkelte ihn böse an. »Das glaubst du doch selber nicht. Und selbst wenn: Der Typ lässt uns nie und nimmer frei. Was hätte er schon davon? Dafür wissen wir über ihn und seine dreckigen Geschäfte viel zu viel.«

Jack sah sie mürrisch an. »Fällt dir was Besseres ein?«

»Allerdings.« Charlotte blieb stehen. »Wir machen die fertig. Ich kann Krav Maga. Schon vergessen?«

Jack riss entsetzt die Augen auf. »Aber die sind zu dritt und wir sind nur zwei. Außerdem sind sie bewaffnet ...«

»Pah«, erwiderte Charlotte erstaunlich gelassen. »Du bist aber auch so was von schwarzseherisch. Sieh die Dinge doch mal positiver!«

»Hey!«, rief McRibbon missgelaunt zu ihnen herüber. »Wieso bleibt ihr stehen?«

Charlotte drehte sich zu ihm. »Wissen Sie, was? Ich habe keine Lust zu sterben.«

McRibbon stutzte. »Wie bitte?«

»Aber vielleicht haben Sie ja dazu Lust.« Und schon rannte Charlotte los.

McRibbon war einen Augenblick lang völlig verdutzt. Dann hob er den Arm und richtete den Revolver auf das Mädchen.

»AUA!«, schrie plötzlich einer seiner Leute auf. McRibbon fuhr herum. Der Mann griff sich mit der Hand in den Nacken. »Mich hat was gestochen«, sagte er, »'ne Riesenmücke!« Er zog etwas aus seiner Haut. Dann verdrehte er die Augen und ging ohnmächtig zu Boden. Als seine Hand schlaff zur Seite fiel, erkannte McRibbon darin einen Betäubungspfeil.

»Was zur Hölle ...«, begann er, doch im selben Augenblick traf ihn schon die ungehemmte Wucht von Charlottes ausgestrecktem Bein. Voll aufs Knie. McRibbon schrie auf und kippte zur Seite. Zeitgleich griff sich sein zweiter Gehilfe an den Hals und zog ebenfalls einen Betäubungspfeil heraus. Auch er ging bewusstlos zu Boden. Mittlerweile war Jack herangestürmt. Er packte Charlotte am Arm und zog sie mit sich mit.

»Weg hier!«, brüllte er. Sie rannten in Richtung des schmalen Waldstücks.

McRibbon rappelte sich auf und zielte mit dem Revolver auf die Flüchtenden. Ein dritter Pfeil sauste heran und traf ... genau in den Pistolenlauf! Wütend zog McRibbon

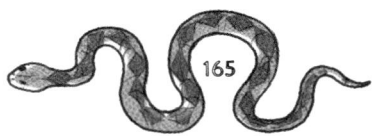

den Pfeil heraus. Dann feuerte er auf die Flüchtenden, die mit einem Hechtsprung im Gebüsch verschwanden.

*

Die Kugeln sausten an ihnen vorbei und schlugen in die umstehenden Bäume. Aber Jack und Charlotte rannten einfach weiter. Bloß weg von McRibbon. Plötzlich erhob sich eine Gestalt aus dem Dickicht vor ihnen.

»Logan!« Jack sah seinen besten Freund erleichtert an. »Was machst du ...«

Weiter kam er nicht, denn Logan hob den Arm und richtete die Betäubungspistole direkt auf Charlotte.

»Zurück«, sagte er. »Oder ich ...«, er stockte kurz, »ich schieße auf dich. Ich mein's ernst!«

Das Mädchen blieb wie erstarrt stehen.

»Bist du verrückt?«, fuhr Jack ihn an. »Was tust du denn da?«

»Na, was wohl? Dich vor dieser Verräterin beschützen«, zischte Logan eingeschnappt und ließ Charlotte nicht aus den Augen. »Sie und McRibbon haben das alles gemeinsam geplant ...«

»Blödsinn!«, rief Jack. »McRibbon wollte Charlotte und mich gerade in einen mit Alligatoren verseuchten See schicken. *Uns beide!*«

»War garantiert bloß ein Trick, um ihre Tarnung aufrechtzuerhalten«, brummte Logan stur.

»Alter, er hat auf uns *geschossen!*« Jack sah seinen besten Kumpel entnervt an. »Charlotte ist nicht unsere Fein-«

Ein Schuss krachte los. Die Kugel sauste nur Zentimeter

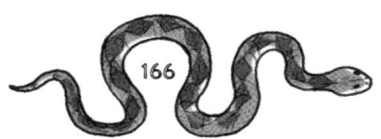

an Logans Kopf vorbei und schlug in einen Baum. Logan zuckte zusammen und war einen Augenblick lang abgelenkt – da wurde auch schon sein Arm gepackt und auf seinen Rücken gedreht. Ein stechender Schmerz durchzuckte ihn. Gleich darauf wurde er wieder losgelassen.

»Sorry«, sagte Charlotte. »Aber für solche Spielchen haben wir jetzt keine Zeit.« Sie hielt die Pistole in der Hand und richtete sie auf Logan. »McRibbon verfolgt uns«, fuhr sie fort. »Und er wird nicht noch einmal den Fehler machen, uns einfach gehen zu lassen.« Sie richtete den Lauf der Pistole nach unten und reichte sie Logan. »Ich hoffe, das genügt, damit du mir vertraust.«

So leise wie möglich bahnten sie sich einen Weg durchs Dickicht.

Jack sah Logan fragend an. »Wo ist dein Boot?«, raunte er.

»Auf der anderen Seite«, flüsterte Logan zurück. »Wir müssen einen Bogen machen und hoffen, dass McRibbon nicht vor uns da ist.«

Doch von McRibbon hörten und sahen die drei Freunde

erstaunlicherweise rein gar nichts mehr. Nach ein paar Minuten zeigte Logan nach vorn. »Da ist es.«

Zwischen den Bäumen kam das Propellerboot der Rangerstation in Sicht, begleitet von einem lauter werdenden, hohen, surrenden Ton.

»Ein Propellerboot«, stellte Jack fest.

»Vielleicht ist es Mum«, sagte Logan hoffnungsvoll. »Los, weiter.«

Sie erreichten das Marschland und während Logan sein Propellerboot startklar machte, griff Jack nach dem Fernglas und beobachtete den Fleck am Horizont, der immer größer wurde. »Mist. Das sind McRibbons Leute.«

»Dann nichts wie weg!« Logan wollte gerade den Zündschlüssel drehen, als ihn ein lauter Knall zusammenzucken ließ. Direkt neben dem Boot zischte eine Kugel in den feuchten Boden und ließ eine Matschfontäne aufspritzen. Hastig drehte er sich um.

McRibbon stand am Waldrand unter einem breiten Ast und zielte mit dem Revolver auf die drei Freunde.

»Jetzt ist Schluss!«, rief er. »Ein für alle Mal!«

Im Geäst über ihm bewegte sich etwas.

»Eine Sekunde«, bat Jack. »Könnten Sie uns vorher noch kurz erläutern ...«

»Du tickst wohl nicht ganz sauber! Ich erläutere hier gar nichts mehr«, unterbrach ihn McRibbon empört. Im gleichen Moment sauste ein längliches gewaltiges Monstrum über ihm herab und legte sich beängstigend schnell und geschmeidig um seinen Oberkörper. McRibbon kreischte auf. Ein Schuss löste sich aus dem Revolver, ging aber weit daneben. McRibbon wurde vom Boden gehoben.

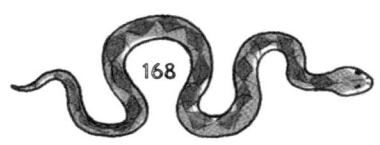

»Eine Tigerpython!«, rief Jack und zeigte ins Geäst des Baums. »Und was für eine!«

Immer enger rollte der dicke, runde Leib der Schlange den nach Luft schnappenden McRibbon in sich ein. Gleichzeitig wurde ein knatterndes Geräusch immer lauter. Erneut griff Jack nach dem Fernglas: Direkt über einem sich nähernden weiteren Propellerboot flog ein Helikopter – und an der Außentür, mit den Füßen auf der Kufe, hockte ein Mann mit nach unten gerichtetem Gewehr.

»Es ist der Sheriff!«, rief Jack erleichtert aus.

»Hilfe«, ächzte McRibbon. »Die Schlange bringt mich um.«

»Geschieht Ihnen recht.« Logan funkelte den inzwischen knallroten McRibbon zornig an.

»Rette ihn«, sagte Charlotte ruhig.

Logan sah sie entgeistert an. »Ich soll ... was?«

»Wir dürfen nicht zulassen, dass er getötet wird«, stellte Charlotte klar. »Das wäre unmenschlich.«

»Unmenschlich?« Logan traute seinen Ohren nicht. »Der Typ wollte uns abknallen!«

»Aber jetzt sitzen wir am längeren Hebel«, konterte Charlotte. »Und wenn wir zulassen, dass er getötet wird, obwohl wir es verhindern können, sind wir nicht besser als er.«

»Charlotte hat recht«, pflichtete ihr Jack bei. »Hilf ihm, Logan.«

McRibbon brüllte auf. Die ersten Rippen brachen.

»Um diesem blöden Gangster das Leben zu retten, der nur Mist macht, soll ich also eine arme Schlange töten, die nur ihrer natürlichen Bestimmung folgt«, knurrte Logan.

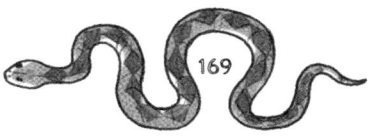

Jack atmete tief durch. »Die Schlange hat vergiftetes Wasser getrunken«, sagte er betont langsam. »Sonst würde sie niemals auf einen Menschen losgehen. Das weißt du besser als jeder andere. Also red kein Blech. Sie folgt gar nicht ihrer *natürlichen Bestimmung,* sondern ist krank.«

»Und du weißt selbst, dass du sie damit gar nicht töten kannst«, fügte Charlotte beruhigend hinzu, ging zu Logan und tätschelte die Betäubungspistole in seiner Hand. »Betäube sie. Für die Python ist es nicht mehr als ein erholsamer Schlaf.«

»Ja, wenn sie sich nicht zu Tode erschreckt, die Arme.« Mitleidig blickte Logan zur Tigerpython, seufzte dann laut und richtete die Waffe auf den Schlangenkörper. »Verdient hat es dieser Verbrecher nicht.« Dann feuerte er den Betäubungspfeil ab.

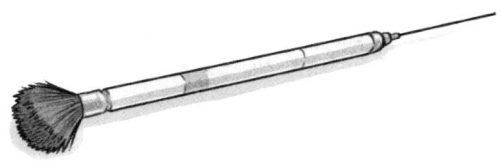

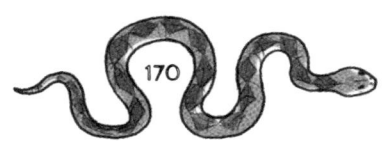

Der Sheriff und seine Leute nahmen McRibbon und seine Handlanger fest und schafften sie nach Homestead ins Gefängnis in Untersuchungshaft. Danach fuhr Malone höchstpersönlich mit den drei Freunden zu Mrs Carwinkle, um den noch immer betäubten Rudi abzuholen und zur Rangerstation zu bringen. Zur Sicherheit sollte der Schäferhund dort so lange eingesperrt werden, bis das Gift aus seinem Körper verschwunden war.

Sarah war fassungslos, als sie hörte, was passiert war.

»Das alles macht mich nicht besonders glücklich«, knurrte Malone. »Ihr habt euch in große Gefahr begeben, indem ihr euch heimlich auf das Gelände des Chemiewerks geschlichen habt.«

»Das stimmt«, gab Jack zu. »Aber wie sonst hätten wir Sie überzeugen können, dass McRibbon wirklich kriminell ist und mit Timothy Gashner seelenruhig Umweltverbrechen begeht?«

»Sie waren ja soo von McRibbons Fähigkeiten überzeugt«, fügte Logan etwas spitz hinzu. »Und haben dafür sogar meine Mum aus dem Nationalpark abgezogen.«

»Und das war falsch«, sagte Malone zu Sarah. »Es tut mir sehr leid, da habe ich vorschnell gehandelt.«

»Und ich hätte deine Sorgen wegen der wilden Tiere

ernster nehmen sollen«, erwiderte Sarah. »Wir alle haben Fehler gemacht.« Sie warf einen Blick auf Logan. »Fehler, die das Leben meines Sohnes und seiner Freunde in Gefahr gebracht haben.«

Malone sah die drei streng an. »Ich erwarte, dass ihr so etwas nicht noch einmal macht. Versprochen?«

Die drei Freunde nickten.

»Was geschieht jetzt mit McRibbon und Gashner?«, fragte Jack.

»Sie kommen vor Gericht«, erwiderte Malone. »Und danach vermutlich auf längere Zeit ins Gefängnis. Sie haben sich einiges zuschulden kommen lassen. Dafür verschwinden sie mit Sicherheit ein paar Jahre hinter Gittern.«

»Und was wird aus CHEMDUST?«, fragte Charlotte.

»Die Umweltbehörde wird den Vorfall untersuchen«, sagte Malone. »Und wenn geklärt ist, welche Substanzen in welchen Mengen dort ausgelaufen sind, werden sie vermutlich eine Entschädigung zahlen müssen. Die dann dem Nationalpark zukommt.« Er konnte sich ein breites Lächeln nun doch nicht verkneifen. »Ihr habt einen ziemlich guten Job gemacht«, gab er zu, »das muss ich schon sagen. Und ich wäre froh, wenn ihr irgendwann als Hilfssheriffs anheuern würdet.«

Nachdem Malone gegangen war, holte Sarah tief Luft und hielt den drei Freunden eine Standpauke, dass ihnen die Ohren flatterten. Aber auch sie gab schließlich zu, dass sie überreagiert und nicht richtig zugehört hatte. Und vor allem war sie erleichtert, dass die Sache glimpflich ausgegangen war.

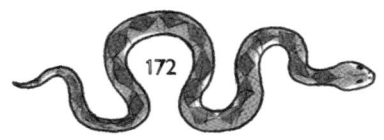

172

»Und das Labor?«, fragte Logan. »Dürfen wir es wieder benutzen?«

Seine Mum nickte. »Ja, dürft ihr.«

»Und der Hausarrest?«, fragte Logan.

Sarah lächelte. »Ist aufgehoben.«

Als die drei Freunde wenig später im Labor saßen, entstand eine lange Pause, in der niemand etwas zu sagen wusste. Schließlich brach Logan das Schweigen.

»Tut mir echt leid, dass ich dir nicht getraut habe«, sagte er zu Charlotte. »Das war ziemlich idiotisch von mir.«

»Ist das alles?«, fragte sie unwirsch.

Logan zog die Stirn kraus. »Wie meinst du das? Was willst du denn noch?«

»Ich wüsste was«, warf Jack grinsend ein.

Logan verzog angewidert das Gesicht. »Du willst doch nicht etwa, dass ich sie jetzt abknutsche!«

»Ich dachte eher daran, dass Charlottes *Probezeit* beendet ist«, tönte Jack und wedelte mit der Hand in Charlottes Richtung. »Und dass sie *bestanden* hat. Oder siehst du das anders?«

In diesem Augenblick stürmte Sam ins Labor.

Logan breitete die Arme aus. »Alter Junge!«, rief er. Aber Sam sprang nicht auf seinen Schoß. Sondern auf den von Charlotte.

Sie kraulte dem Waschbären das Fell, sah dabei aber halb fragend, halb herausfordernd in Logans Richtung.

»Ach das.« Er winkte ab. »Aber nicht doch. *Wild Claws* wäre aufgeschmissen ohne dich.«

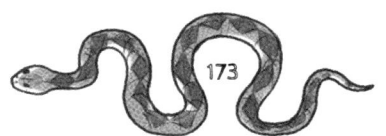

173

Max Held

Wild Claws
Der Biss des Alligators

Jack und Logan von der Wildtierstation *Wild Claws* machen eine schreck-
liche Entdeckung: Ein Alligator im Sumpf wurde getötet und aufgeschlitzt.
Wer tut so etwas und sind auch andere Tiere in Gefahr? Mit ihrer Freundin
Charlotte machen sich die zwei auf Spurensuche und geraten dabei
gefährlichen Tierschmugglern in die Quere. Oder sind die Verbrecher
hinter etwas ganz anderem her? Eine spannende Jagd durch die Sümpfe
Floridas beginnt!

Arena

Auch als E-Book erhältlich

Band 2:
176 Seiten • Gebunden
ISBN 978-3-401-60454-1
www.arena-verlag.de

Max Held

Wild Claws
Im Visier der Haie

Beim Tauchen an der Küste entdecken Logan, Charlotte und Jack ein Schiffswrack. Hochinteressant – aber wahnsinnig gefährlich. Denn als die Freunde es untersuchen, werden sie von einem Hai attackiert! Immer mehr Haie nähern sich und umkreisen das Wrack, als würden sie es bewachen. Was befindet sich in dem gesunkenen Boot, und welches Geheimnis verbirgt der Meeresforscher Thornton, der gerade auf der Tierstation Wild Claws zu Gast ist? Als Logan erneut hinuntertaucht, greifen die Haie an und Logan ist im Wrack gefangen. Die Luft wird knapp und die Zeit rennt ihnen davon! Können Jack und Charlotte ihn rechtzeitig befreien?

Arena

Auch als E-Book erhältlich

Band 3:
176 Seiten • Gebunden
ISBN 978-3-401-60536-4
www.arena-verlag.de

John August

Arlo Finch
Im Tal des Feuers

Irgendwas stimmt nicht in Pine Mountain. Das merkt Arlo Finch sofort, als er mit seiner Familie in das abgeschiedene Bergdorf zieht. Was hat es mit den merkwürdigen Tieren auf sich, die ihm immer wieder am Waldrand auflauern, und was mit dem Mädchen, das niemand außer ihm sieht? Zum Glück findet Arlo in Indra, Henry Wu und den ortsansässigen Rangern schnell Freunde, die sich bestens auskennen mit den Geheimnissen der Langen Wälder, mit Schutzzaubern und den Gefahren der Wildnis. Doch auch sie hätten nie geahnt, in welch unglaubliches Abenteuer sie geraten, als sie die Wälder gemeinsam mit Arlo betreten.

Arena

Auch als E-Book und als Hörbuch
bei Arena audio erhältlich

320 Seiten • Gebunden
ISBN 978-3-401-60415-2
www.arena-verlag.de